동굴 파는 남자

동굴 파는 남자

1판 1쇄 인쇄 2015년 11월 23일
1판 1쇄 발행 2015년 11월 30일

지은이 | 이인규
펴낸이 | 정용철
편집주간 | 김보현
펴낸곳 | 도서출판 북산
주소 | 135-840 서울시 강남구 역삼로 67길 20, 201호
등록 | 2010년 3월 10일 제206-92-49907호
전화 | 02-2267-7695
팩스 | 02-558-7695
홈페이지 | www.glmachum.com
이메일 | booksan25@naver.com

ISBN 979-11-85769-02-8 03810

＊이 책은 경남문화예술진흥원의 2015년 〈창작 지원 사업〉 대상 선정작입니다.
＊잘못 만들어진 책은 구입하신 서점에서 바꾸어 드립니다.
＊책값은 표지 뒷면에 표시되어 있습니다.

동굴 파는 남자

이인규
소설집

부산

차례

동굴 파는 남자

내가 그 사내, 공팔진이라는 다소 촌스런 이름을 가진 자(본명인지 정확하지도 않다)를 처음 본 것은 남쪽지방, 지리산이 가까운 동네의 깊은 산골이었다.

그날 나는 어쩐 이유에서인지 내가 사는 마을에서 고개 하나를 넘어 그가 사는 곳으로 가고 있었다. 분명 의도하지 않은 그런 돌출행위는 아마 봄이었기 때문일 것이다. 벌써부터 산나물이며 봄꽃들의 향이 열어놓은 창문을 통해 무던히 불어왔기 때문에 나는 솔직히 조금 들떠있었다. 아내와 딸아이를 각각 직장과 학교로 보낸 아침나절이었다. 아침밥으로 커피 한 잔과 아내가 삶아 놓은 고구마를 들고 나는 간편한 옷차림으로 무작정 집을 나섰다. 집에서 삼백여 미터 떨어진 곳에 저수지가 있었는데 원래 그곳이 내 행선지였으나 꽃향기에 취한 것인지, 아니면 가슴 밑바닥에 있는 유목민기질 때문이었는지 나는 그만 그곳을 지나

집과는 반대 방향인 산으로 가고 있었다. 그 산, 오솔길 양옆은 온갖 꽃들과 나무들이 즐비했다. 나는 그 향에 취해 점점 산속으로 들어간 것이다. 당연히 민가는 하나도 없었다. 나는 불현듯 낯선 산짐승과의 만남 때문에 염려가 되었는데, 다행히 그런 일은 일어나지 않았다. 간간이 다람쥐 정도의 작은 동물들과 작은 새들이 눈에 띄었을 뿐 우려했던 산돼지 같은 큰 동물은 보이질 않았다.

그렇게 산속의 오솔길을 따라 한 시간 정도 들어갔을까. 오르막에 다다르니 갑자기 급경사로 내리막길이 보였다. 그 밑으로 작은 민가 한 채가 보였다. 마침 목도 마르고 해서 나는 서둘러 아래로 내려갔다. 입구 쪽에 조그만 연못이 있었고 집은 통나무를 얼기설기 엮어, 보기에는 허름했다. 그리고 그 옆에는 언덕이 하나 있었는데 내가 다가갔을 때 그 사내는 동굴 비슷한 곳에서 막 삽을 들고 나오고 있었다.

그는 날 보더니 별 표정 없이 입구에 아무렇게 널브러져 있던 페트병을 들어 물을 마셨다. 약간 당황한 나는 간단한 인사를 하려다 말고 엉거주춤 서 있었는데 그가 먼저 말을 꺼냈다.

"목마르면 그 옆에 있는 탁자 위에 있는 것 마시소."

여전히 무표정한 얼굴이었다. 그는 긴 머리를 뒤로 땋아 넘기고 허름한 작업복에 고무신을 신고 있었다. 강인한 인상답게 눈매가 서늘했다. 이자가 낯선 나를 경계하고 있구나 싶어 나는 얼른 고개를 숙여 인사를 건넸다. 그러나 그는 내 말을 채 듣기도 전에 삽을 들고 재차 동굴 안으로 들어 가버렸다. 순간 나는 뭐, 이런 자가 있나, 하는 불쾌감이 들었지만 어쩔 수 없는 노릇이었다. 아무리 산골이라지만 그는 주인이고 나는 예약하지 않은 손님이었다. 나는 별수 없이 그가 가리킨 탁자 위의 물을 마시고 다시 그 집을 나왔다. 그러다 그가 들어간 동굴을 유심히 봤는데 느낌이 별달랐다. 이런 산골에 왜 저런 굴을 파는지, 그것도 삽 하나 들고 혼자서 뭘 하려는 건지 몹시 궁금했다.

그 궁금증은 내가 그곳을 다녀온 후로부터 일주일 뒤에 풀렸다. 그날 나는 직장 일로 바쁜 아내를 대신하여 읍내의 한 마트에 장을 보러 갔는데 마침 그 마트 입구에 그 사내가 있던 것이다. 그는 대낮임에도 불구하고 마트 옆 주차장 쪽에 붙어있는 파라솔에서 소주를 먹고 있었다. 아니, 정확히 말하자면 소주만 먹고 있었다. 그가 앉은 테이블에는 그 흔한 컵도 안주도 없었다. 차림새는 그전과 비슷했는데 여전히 허름한 작업복과 고무신을 신고 있었다. 그런데 그의 머리……, 치렁치렁하여 뒤로 땋은 머리카락이 잘려져 있었다. 그렇다고 단정하게 정리된 머리는 아니고 마치 파마가 풀린 것처럼 산발이었다. 나는 반가운 마음에 차를 주차시키자마자 그에게 인사를 했다. 그러나 그 사내는 날 물끄러미 보더니 이내 남은 소주를 입에 붓고 일어서 그가 세워놓음직한 트럭으로 가버렸다. 그와의 두 번째 만남에서도 나는 환대는 커녕 무시를 당했다 생각하니 이번에는 은근히 화가 치밀었다.

그때였다.

"강 선상님! 마트에 장보러 왔심꺼?"

굵직한 목소리에 놀라 돌아보니 그는 내가 사는 마을의 이장이었다. 육십을 바라보는 나이였지만 농사일에 잔뼈가 굵어, 웬만한 젊은 사람 못지않게 건장한 사람이었다. 우리가 이곳으로 귀촌한 후 제일 먼저 인사를 드리러 간 집이 이장 댁이었다. 그날 이장은 내가 사가지고 간 술을 다 먹고는 새벽까지 담은 술을 마시고도 끄떡도 하지 않았다.

"아 네, 이장님. 뭣 좀 살 게 있어서요."

"잘됐네요. 나도 비료 한 포대만 살라 캤는데, 우리 퍼뜩 사고 나서 요 앞에 국밥집에서 대포 한잔 하입시더."

아직 대낮이고 오늘따라 몹시 더운 날씨인 데다가 몰고 갈 차가 있는 나로서는 선뜻 내키지 않았으나 상대는 마을 이장이었다. 별수 없이 나는 아내가 시킨 대로 몇 가지 생활용품을 산 뒤 그와 함께 국밥집으로 들어갔다. 그곳 읍내의 국밥집에서 마시는 술은 도시에서의 낮술과는 사뭇 달랐다. 생파를 총총 썰어 넣은 뜨거운 선짓국과 그 집에서 직접 담근 막걸리는 속을 풀어주면서도 시원하게 해주는 별미였다. 나는 이왕 이렇게 된 것, 나중 일은 나중에 생각하자는 평소 지론대로 이장이 따라주는 잔을 매번 비워냈다. 그렇게 둘이서 주거니 받거니 하면서 몇 잔을 마신 후에 나는 이장에게 그 사내에 대해 물었다.

"그런데 이장님. 아까 마트 주차장에서 혼자 술을 먹던 그……"

"아! 그 굴 파는 사람 말이지요. 쯧, 또 머리카락을 팔았구먼."

이장은 약간 비아냥거리는 투로 말을 했다.

"머리카락을요?"

"아따! 그 양반은 한번씩 머리카락도 팔고, 시계도 팔고, 책도 팔고 해서 술을 사 먹는 모양입디더."

"그렇군요. 그 사람에 대해 좀 아십니까?"

"와요? 강 선상님도 굴 팔라고요? 마! 신경 쓰지 마이소. 그 양반 쪼매 이상한 사람임더. 가족도 없이 한 삼 년 전쯤에 혼자 들어와 가지고는, 뭐라더라? 몇 년 안에 우리나라가 더위 땜에 망한다던가."

"더위요?"

"야. 지 말로는 올해 아니면 내년쯤에 불볕더위가 심해져서 모두들 죽는다, 안 함니꺼."

더위? 이 말에 나는 신경이 바짝 곤두세워졌다.

"그래서 굴을 판다구요?"

"글타네요. 그 안에 있으면 시원하다고. 그래도 그렇지, 이날 이때까지 아무 이상없었는데 그놈의 여름 한철 가지고 뭘 그러는지 모르겠다, 아임니꺼. 여기가 어데 공기도 안 통하는 도시가? 한여름이라도 골바람이 시원하게 불어오는 시골이제. 자자, 그라지 말고 우리 여 나가가지고 옮깁시더. 내가 시원한 맥주 한 꼬뿌 더 살께요."

그러나 나는 운전을 해야 된다는 말로 이장의 요구를 완곡하게 거절했다. 아무리 시골이지만 낮부터 인사불성이 되어 집까지 운전을 할 수도 없거니와 이곳은 도시처럼 돈만 주면 어디라도 가는 대리운전도 없었다.

국밥집을 나오니 해는 중천에 걸려 있었다. 아스팔트에서 뿜어나오는 열기가 훅, 하고 내 앞으로 불어왔다. 몹시 더웠다. 나는 잠시 현기증이 나서 그만 그 자리에 주저 앉고 말았다. 아뿔싸! 낮술에 약한걸 잊은 채 너무 많이 마신 모양이었다.

"강 선상! 더운데 그라면 조심해서 가소. 나는 한잔 더 먹고 갈라요. 그러고 보니 오늘따라 이상하게 더 덥네."

나는 얼른 마트 쪽으로 건너가서 그늘로 몸을 피했다. 그러면서 지금이 5월 중순임을 상기했다. 그 사내의 동굴에 다녀온 지겨우 일주일 밖에 지나지 않았는데 그 사이에 이렇게 더울 수가. 혹 내가 술이 과해서 그런가. 그러나 갑작스레 찾아 온 더위 때문인지 도로에도, 마트 앞에도 사람은커녕 개 한 마리도 보이지 않았다.

오늘 서울을 비롯한 일부 지방에서 낮 기온이 올 들어 최고치인 35도까지 올라갔습니다. 이는 전년 대비 7-10도 올라간 기온이라, 기상청에서는 폭염주의보를 발행하였으며 정부에서는 전력사용량의 폭증을 우려해 관계부처와 긴급회의를 가졌습니다. 무분별한 에어컨이나 냉방사용은 전력의 절대적인 부족을 가져오기 때문에 시민 여러분들의 지혜로운 대처가 필요

한 때입니다. 기업이나 공공기관에서도 전력사용을 자제해 주
시기 바랍니다. 내일부터는 전국의 해수욕장이 동시에 개장됩
니다.

6월 30일이 아닌 5월 31일이었다. 라디오에서는 연이어 갑자
기 더워진 이유에 대해 기상전문가와의 대담을 서두르고 있었
다. 부엌에서 설거지를 하던 아내는 연방 땀을 닦고 있었다. 나는
모골이 송연해졌다. 아직 계절적으로 봄이라고 믿던 나는 이상
한 기후 변화에 하릴없이 머리만 저어댔다. 그 순간 갑자기 막내
딸아이가 생각났다. 늦게 낳은 아이라 아직 초등학생이었다.

"나래는 어디 있어?"

"숙제 끝내고 아마 제 방에서 자고 있을 거예요. 여보! 그나저
나 우리도 에어컨을 사야 되겠어요. 아까 퇴근 때 오다보니 아랫
마을 집들도 다 사 두었던 걸요."

나는 아내의 말에 짜증이 밀려왔다.

"무슨 소리야? 이런 산골에 무슨 에어컨? 나랑 약속을 잊었어?
자연 그대로 살기로 한 걸 말이야. 그래서 TV도 인터넷도 안 들
여놓았잖아. 그건 나래에게도 좋지 않아."

나는 짐짓 화를 내는 척하며 딸아이의 방에 들어갔다. 아이는
새근새근 잠이 들어 있었다. 얼른 덮고 있던 이불을 들쳐내고 나
는 아이의 옷을 걷어 몸을 보았다. 다행이었다. 아직까지는 아이
의 피부에 열꽃의 흔적은 없었다. 산골이라지만 여기도 덥긴 마

찬가지였다. 며칠 전부터 찾아 온 더위는 해가 지고 나서도 밤 10시까지는 가시지 않았다.

"체! 더우면 도시든, 시골이든 시원하게 지내야지. 무슨 배짱으로 저리 한담? 이런.산골로 같이 들어왔으면 나에게도 조금은 맞추어야지."

아내는 부엌에서 계속 불평을 해대었다. 나 못지않게 아내 역시 유난히 더위를 못 참는 체질이었다. 그러나 나는 그녀의 요구를 들어줄 수는 없었다. 그건 내 딸아이 나래 때문이었다. 나래는 몇 년 전, 내가 지방 소도시에서 서울로 전근을 갔던 해부터 아토피가 시작되었다. 새로 지은 아파트에 전세로 들어간 것이 화근이었다. 콘크리트 벽에서 뿜어대는 유해물질이 아이의 호흡기와 피부를 통해 들어간 모양이었다. 게다가 아이에게 더 안 좋았던 점은 낯선 도시에서 맞벌이를 하다 보니 시간적으로 여유가 없어 아이의 식사를 방치한 점이었다. 아이는 학교가 파한 뒤 혼자 가게에서 피자와 튀김 닭, 그리고 일회용 샌드위치, 김밥 등으로 허기를 때웠다. 나 역시 혹 일찍 퇴근을 하더라도 밥을 하기 귀찮아 둘이서 라면 등으로 식사를 대신 한 적이 많았다. 그러는 사이 아이는 아토피가 심해지게 되었다. 그 후로 다른 아파트로 이사를 하고 병원치료를 받으며 제대로 된 식사를 챙겼지만 아토피는 낫질 않았다. 특히 여름에는 치명적이었다. 열대야가 며칠씩 계속되는 날이면 아이는 얼굴과 배에 열꽃이 피어나 잠들지 못했다. 에어컨을 빵빵하게 틀어놓아도 마찬가지였다. 어떤 땐 혹

저 에어컨 때문에 아이의 아토피가 더 심해가지 않을까, 하는 걱정도 했다. 그러나 에어컨을 끄면 너무 더워서 식구들 모두 잠을 이룰 수가 없었다.

서울이란 도시는 여름 한때가 너무 더웠다. 그 당시 내가 다니는 직장은 서울의 중심부에 있었는데 하필이면 내가 근무하던 사무실은 옥상이어서 여름이면 더욱 더웠다. 거기다 출퇴근 시나 외근 때 자동차 매연과 각 빌딩에서 뿜어져 나오는 에어컨의 열기 등으로 나는 늘 더웠고 지쳐있었다. 그때부터 나는 귀촌을 생각했다. 『조화로운 삶』을 쓴 '헨리 니어링' 부부나 자연주의자인 '소로' 처럼의 삶은 아니더라도 그냥 되는대로 시골에서 살고 싶었다.

그래서 몹시 더웠던 여름 한 날(그날은 하필이면 에어컨도 고장이었다) 나는 부장에게 일신상의 이유로 사표를 냈다. 그러자 그는 몹시 화를 내었다.

"이 정도 더위를 못 참아서야 어떻게 서울에서 아이들 키우고 살아갈 수 있겠어?"

"꼭 그 때문이 아니라, 제 아이 병 때문이기도 합니다."

"이봐! 강 과장. 물론 아이 문제는 이해 해. 나도 아이들 키울 때 그럴 때가 있었지. 그러나 서울에 좋은 병원이 한두 곳이야? 계속 치료시켜 봐. 돈이면 안 되는 게 뭐가 있어?"

그러나 나는 알고 있었다. 내 아이의 병은 이런 도시에서는 결코 치유될 수 없는 것이었다. 정답은 자연이었다. 깨끗한 물과 공기 그리고 문명의 이기가 없는 그런 곳만이 완쾌될 수 있는 거였다.

나는 어렸을 때 외가가 있는 시골에서 자랐다. 시골에서는 아무리 더워도 여름 한철, 그때뿐이었다. 그 무더위도 낮에 냇가에서 멱을 감고 밤에는 마당에 있는 우물에서 등목을 한 뒤에 평상에서 수박 한 덩이를 나누어 먹으면 되었다. 그러면 더위는 가만히 있어도 물러가곤 했다. 그때 내 아이의 병 같은 게 있었던가.

결국 나의 이른 퇴직은 딸아이 문제를 빼면 순전히 여름, 폭염 때문이었다. 가지 않겠다는 아내를 설득하여 결국 우리는 여름이면 서늘한 지리산 인근으로 오게 되었다. 먹고사는 문제가 걸렸지만 다행히 아내가 시골의 초등학교에 계약직 교사로 근무하게 되어 크게 걱정은 되지 않았다. 나 또한 어쭙잖은 시 몇 편을 문예지 등에 발표해 받는 원고료와 인근 도시에서 열리는 문예창작교실에 나가 받는 강의료 등으로 생활에 보탬이 되었다. 상추 등 반찬은 직접 텃밭에 채소를 키움으로 생활비가 많이 절약되었다.

그로부터 그 사내, 동굴 파는 남자를 다시 보게 된 것은 평일 정오가 약간 지난 시각이었다. 그날따라 너무 더워서 나는 조그만 계곡에 발이라도 담글 양으로 마을 뒤쪽을 혼자서 넘어가던 때였다. 그 계곡에서 나는 그를 만났다. 그는 물가에 있는 큰 상수리나무 밑에서 삼겹살을 구워 먹으며 소주를 마시고 있었다.

나는 속으로 오늘은 또 뭘 팔아서 술을 마실까, 생각하니 설핏 웃음이 나왔다.

그러나 한편 오늘도 그가 날 박대하면 어떡하나, 고민하다 짊어지고 간 배낭 속에 내 시집을 생각해 내었다. 나는 얼른 시집을 꺼내 손에 들고 그의 곁으로 다가갔다.

"안녕하십니까? 선생님."

그러자 그는 고기를 굽다 말고 날 쳐다보았는데 예상대로 그는 내 손을 유심히 보고 있었다.

"손에 든 게 그게 뭐요?"

"아, 네. 제가 쓴 시집입니다."

"시인이란 말이요?"

"예. 그렇다고 볼 수 있지요."

"맞으면 맞는 거지. 그렇다고 볼 수 있다는 대답은 또 뭐요? 어쨌든 한가한 사람이구먼. 이리 오슈. 술 한잔합시다."

계곡 주위는 예상대로 서늘했다. 울창한 숲으로 인해 그늘이 져서 그런지 흐르는 물은 차가웠다. 나는 배낭을 내려놓고 흐르는 물 쪽으로 가서 간단히 세수를 한 다음, 그의 곁에 앉았다. 그는 종이컵에 소주를 가득 부어 내게 내밀었다. 내미는 그의 손은 마치 솥뚜껑 같이 투박하고 거칠었다.

"오늘은 동굴 안 파십니까?"

"글쎄. 매일 일만 할 수 있나. 오늘은 너무 더워서 마실 좀 나왔수다. 근데 책 한 번 봅시다. 진짜 시인 맞기나 하는 거요? 요새는 돈만 주고 등단한 엉터리 시인이 많아서 말이요.”

그 말에 나는 웃음이 나왔다.

“지방지이긴 하지만 신춘문예 출신입니다.”

그도 얼굴에 웃음을 띠면서 내 책을 하나씩 훑어 나갔다.

“좋소. 몇몇 시어가 맘에 들어요. 가짜 시인은 아닌 것 같소. 우리 인사나 합시다. 나는 공팔진이라고 하오.”

나는 그의 이름을 듣자마자 그만, 먹고 있던 소주를 내뱉을 만큼 웃음을 참을 수가 없었다. 그의 발음이 약간 어눌해 그만 ‘팔진’ 을 ‘발진’ 으로 잘못 알아들었던 것이다. 나의 표정에서 그는 그것을 읽었는지 다시 한 번 또박또박 ‘팔’, ‘진’ 이라고 말했다.

“이름이 약간 촌스럽지요?”

“아, 죄송합니다. 고기가 갑자기 목에 걸리는 바람에.”

“하하. 괜찮소. 다들 내 이름을 처음 듣는 사람은 그렇게 웃는다오.”

“저는 강경후, 라고 합니다. 오늘로 세 번째 뵙는군요. 동굴은 다 되어갑니까?”

“날 미친 사람으로 생각하는지요?”

“아닙니다. 저는 얼마 전 마을 이장에게 선생님 이야기를 듣고 어느 정도 일리가 있다고 생각했습니다. 저 역시 언젠가는 인간들이 그동안 저질러 놓은 문명의 이기 때문에 지구온난화로 인한 기상 이변이 어떤 식으로든지 일어나리라는 것을 믿습니다. 그런데 선생님은 올 여름 아니면 내년 쯤, 우리가 도저히 이해할 수 없는 폭염이 찾아온다고 했는데 그건 어떤 확실한 근거가 있는지요? 그걸 알고 싶습니다."

나의 질문에 그는 한동안 말없이 고기만 굽고 있었다. 표정은 엄숙했고 분위기는 무거웠다.

"아마 올 여름에 찾아 올거요."

"이번에 말입니까?"

"그렇소. 지구온난화라는 게 단순히 지구 전체가 골고루 더워진다는 게 아니라 기후의 균형을 무너뜨려 기후변동이 커지고 이상기후 현상이 잦아지는 걸 말하오. 작년에 강 시인은 어디에 있었소? 아마 도시에 있었겠지요. 지난겨울 이 땅은 한파와 폭설로 꽁꽁 얼어붙었소. 부산은 96년 만에 강추위가 찾아와 해운대 바다가 얼었고, 서울에서는 10년 만에 최저기온 기록이 바뀌었소. 비단 한반도만 그런 게 아니오. 미국과 중국에서는 최대 45 ㎝의 폭설이 내렸고 영국에서는 100년 만에 최악의 혹한을 맞았소. 그렇다면 올 여름은 어떻겠소? 벌써 이리 더워지고 있으니 짐작은 하겠지만."

"작년에 겨울 한파가 왔다 해서 올 여름에 폭염이 온다는 말입니까?"

"사회과학 용어 중에서 극좌와 대구를 이루는 게 극우지요. 마찬가지요. 한파란 급격한 온난화에 대한 지구의 반작용이지요. 스스로 끊임없이 변화하고 치유하는 능력을 갖춘 것이 자연이오. 인간들은 재해라 생각하지만 자연입장에서는 순환이외다.

순환……. 이번의 폭염은 아마 상상을 초월할 거요."

그는 목이 마른지 자신의 잔을 비운 뒤 내게 소주를 가득 채워 내민 다음 말을 이어갔다.

"1912년부터 한반도의 평균기온 상승률은 1.7%인데, 이는 전 세계 평균기온 상승률에 비해 높소. 알다시피, 기온상승의 20 - 30%는 도시화의 효과로 추정되오. 산업개발을 위한 석탄, 석유, 가스 등의 연소 및 추출, 처리 수송과정에서 메탄과 이산화탄소가 대거 발생되었소. 이제 꼭짓점에 오른 거라 보면 되오."

"이 모든 게 지구온난화로 인한 건가요? 아니면 다른 이유라도 있는지."

"음, 지구는 빙하기와 간빙기가 100만 년 동안 수차례 반복되어 왔는데 현재 지구는 1만 년 전 극심했던 마지막 빙하기를 지나 천천히 기온이 올라가는 간빙기에 접어들었소."

"그렇다면 간빙기 중에서도 유독 기온이 정점으로 치닫는 순간이 지금이라는 말씀이죠?"

"제대로 이해했소. 또한 지구의 공전궤도는 타원형이었다가 원에 가까운 모양으로 변화를 하오. 그 말은 지구가 이 시점에 태양과 미세하나마 가까운 거리에 있다는 말이오. 그리고 강 시인은 어릴 때 팽이를 돌려봤소?"

"그럼요. 저 역시 어린 시절을 시골에서 자랐는데."

"그렇군요. 지구의 공전뿐만 아니라 자전도 영향을 주는데 자전축은 약 2만 2천 년마다 돌아가는 팽이가 마지막 몸부림을 치듯 부르르 떨면서 도는 순간이 있지요. 그 순간 태양과 더욱 가까워지는 것이오. 게다가 자전축은 4만 년을 주기로 기울기가 22-24.5도 사이를 넘나드는데 현재는 23.5도 정도 기울어져 있소. 기울기가 커질수록 지표면의 복사열에 영향을 미쳐 기온 차이가 더욱 벌어지게 되지요."

"그 시점이 올 여름이다 그거지요? 그렇지만 지금이 어느 때입니까. 우리나라에는 기상청이나 한전, 원자력 발전소 같은 전문기관이 있어서 준비를 하지 않겠습니까? 그렇다면 선생님은 언제, 얼마 동안 폭염이 시작되고 지속 된다 보십니까?"

"7월 말에 시작되어 빨리 끝나도 9월 초일 거요. 그 사이에 미처 준비되지 못한 전력대책 때문에 도시에는 에어컨이나 냉방장치가 가동되지 않아 노인과 아이들이 먼저 죽어갈 것이며 마침내는 도시사람들이 계곡이 있는 시골까지 밀려와 아수라장이 될 것이요. 비상전력? 그마저 다 쓰이기 때문에 필요가 없을 거요. 아마 그때가 끝나야 정부 및 관계기관에서는 대책을 세울 것이오."

그는 말이 끝나기 무섭게 내게 잔을 권했고 또 내게 잔을 돌려받았다. 그 사이에 그는 내게 성경과 관련된 종말을 이야기하는가 하면, 개벽 등 일부 민간 신앙에서 나오는 말을 했다. 그의 말은 조리 있고 정확했으나 아무래도 술에 취함에 따라 결국은 횡설수설한 신비주의로 빠져들었다.

그러나 나는 그의 불확실한 예측을 믿을 수도 믿지 않을 수도 없었다. 당장 내 딸아이의 병 때문이기도 하고 억지로 우겨 시골까지 왔는데 이곳에서마저 폭염 때문에 제대로 된 생활을 못 한다 생각하니 한숨만 나왔다. 그러는 사이 술은 다 떨어졌고 나는 일간 그의 동굴을 방문한다는 조건으로 그 자리를 빠져나왔다.

　다행히 6월 초순에 사흘 정도 비가 와서 더위는 어느 정도 가셨다. 내가 사는 산골에는 초저녁만 되어도 서늘한 기운이 돌아 그의 말은 사실이 아닌 것으로 생각되기도 했다. 그러나 그런 생각은 잠시였다. 비가 그치고 며칠 사이에 날씨는 작년의 7월 말 수준으로 돌아왔다. 불볕더위였다. 한 날, 마을 이장 집에서 나온 다급한 방송을 듣고 마을 회관으로 갔더니 마을사람들이 벌써 와있었다. 앞서 논길로 질러오는데 곳곳에 개구리들의 사체가 보였다. 아랫마을에 닭 키우는 할아버지가 자전거를 타고 오다 나를 지나칠 즈음, 큰일 났어. 키우는 닭들이 다 죽어버렸어, 했다.

　"오늘은 이놈의 더위 때문에 이렇게 모이라 했습니다. 아시다시피 며칠 사이에 더위 땜씨로 닭들이 죽고, 벼가 타고, 어제는 저 밑에 마을에 혼자 사는 강 할머니가 비닐하우스에서 일을 하다가 변을 당했습니다. 이래가지고는 안 되겠으니 오늘 우리가 다 서명을 받아서, 지가 면사무소에 가가지고 경로당에 일단은 에어컨 한 대를 설치하도록 말을 하겠습니다. 혼자 사시는 어르신들은 추후, 일체 밭일을 삼가 하시고 에어컨이 설치되면 아예 여기 계십시오. 그리고, 쪼매 젊은 우리들은 오늘부터 양수기를 비롯 장비란 장비를 다 챙겨가지고 논에 물 좀 대입시더. 벼가 타 죽고 있습니다."

이장의 목소리는 침통했다. 마을주민들은 다들 이구동성으로 하늘을 원망했다. 특히 키우던 닭을 폭염으로 모조리 잃어버린 할아버지의 울분은 모두의 슬픔이었다. 이놈의 날씨, 내 살아생전 처음이여, 하며 동네에서 제일 나이가 많은 최 할머니는 가녀린 어깨를 들썩였다. 그새 노인 한 분이 라디오를 켰다. 뉴스에는 온통 더위, 때 아닌 폭염에 대한 이야기뿐이었다. 전국에서 노숙자를 비롯하여 노약자 수십 명이 죽었다고 했다. 그리하여 오늘부터 관공서는 물론 기업체 등에서는 하루 몇 시간씩 절전이 의무적으로 시행되며 공장이나 산업현장에서는 이례적으로 전력 수요가 많은 정오부터 오후 3시까지 오침 시간을 실시한다고 했다. 초등 및 중고교도 빠르면 다음 주부터 방학에 들어갈 것이라는 예측도 있었다. 모든 게 이상하게 돌아가고 있었다.

하루 종일 논에 물대기며 마을 가축사육지에 물을 뿌리고 난 후 집으로 돌아오니 아내와 딸아이는 벌써 와있었다. 해거름이 었지만 날씨는 여전히 더웠다. 집 앞에 매어놓은 개 두 마리는 나무그늘 밑에서 혀를 내놓은 채 축 늘어져 있었다. 아내는 걱정스러운 표정으로 내게 다가왔다. 여름 방학이 다음 주부터 시작되는데 낮에 딸아이가 학교에 가지 않으니 아무래도 에어컨을 사야 되겠다는 말을 했다. 아내의 말에 나는 아무 대꾸도 할 수 없었다. 그나마 딸아이의 표정이 밝아서 다행이었다.

그날 밤에 나는 서울, 전 직장동료인 K에게 전화를 걸었다. 도시의 정확한 상황을 알고 싶었다. 그는 오랜만의 전화를 반갑게 받아주었다. 내가 그쪽은 어때, 하고 물으니 그는 한마디로 죽을 맛이라고 했다. 그 회사도 정오부터 오후 3시까지 에어컨을 꺼둔다고 했다. 그러니 업무능력이 오를 리 없고 야근을 한다 해도 원칙적으로 냉방을 못하니까 모두들 정시에 퇴근은 하는데, 집에 가면 오히려 더 덥다는 것이다. 그가 사는 아파트에는 수시로 과부하가 걸려 정전이 된다고 한다. 별수 없이 돗자리 하나 챙겨 한강 변으로 나가는데 거기도 사람들로 인산인해라, 정말 도시를 떠나고 싶다고 했다.

"아무래도 이상하지? 아직 6월인데 그렇다면 내달, 그 다음 달은 어떨까? 더 심해지지 않겠어? 서울은 그야말로 죽은 도시 같아. 이러다 대규모 정전이 되면, 생각만 해도 끔찍하지만 완전히 마비가 되지 않겠어?"

그는 지금도 한강변에 있다며 속사포처럼 더위를 쏟아내었다. 그의 말에 나는 충분히 그럴 수도 있다고 생각했다. 나는 라디오를 켜 둔 채 거실 소파에 그대로 누워버렸다. 지역방송이었다.

지금 이 시각 지리산 일대는 피서객들로 인해 모든 계곡이 불야성을 이루고 있습니다. 때아닌 폭염으로 예년보다 한 달 반 정도 빨리 휴가철이 시작되면서 사흘 전부터 찾아오는 사람들로 인산인해입니다. 현재 이 시간에도 지리산으로 오는 모든 도로는 정체되어 있습니다.

　내가 다시 그의 동굴을 방문한 것은 6월 말, 폭염이 절정에 이르던 어느 날 오후였다. 소주를 좋아하는 그를 위해 냉동실에 얼려놓은 페트병소주를 배낭에 넣어 갔는데 그새 녹아 미지근하게 될 만큼 날씨는 뜨거웠다. 그는 여느 때와는 달리 나를 보자 반색을 하며 일단은 그의 집으로 안내했다. 통나무로 지은 집이라 바깥의 온도보다 다소 낮았으나 그럼에도 등에는 땀이 배어났다.

　"잘 왔소. 강 시인. 아주 적절한 때에 왔구먼. 소주는 사왔겠지요?"

　"물론입니다. 동굴은 완성되었는지요?"

　"그렇소. 어제 완전히 끝냈지요. 무려 삼 년에 걸친 대 작업이었소. 차 한 잔 마시고 같이 가봅시다. 대공사에 대한 축배를 들어야지요. 그건 그렇고 최근 날씨를 보니 그때 내가 한 말이 빈말은 아닌 것 같지 않소?"

　그는 연방 싱글벙글 웃고 있었다. 아마 동굴완성에 대한 대단한 만족감이 드는 모양이었다.

　"네. 그렇습니다. 며칠 전에는 우리 마을에서 약간 떨어진 산에서 산불이 크게 났습니다. 날씨도 그렇지만 비마저 오지 않아 큰일입니다."

　"그럴 거요. 내 생각에는 아마 7월 초가 제일 절정일 것 같소.

그때부터 9월까지 비는 아예 오지 않을 것이오. 전국적인 대란이 일어날 것 같아요. 지금 군과 공공기관을 제외한 모든 기업, 공장들은 가동을 않고 학교는 이미 방학이 들어갔지요. 아마 며칠 뒤에 정부에서 비상상태를 선포할 거요."

그는 자신이 직접 만들었다는, 백 가지 약초가 들어간 차를 내게 권했다. 동굴을 파면서도 틈틈이 효소를 만들어 복용하는 모양이었다. 그래서인지 그의 얼굴은 검지만 빛이 났다. 나는 강인한 인상의 이 동굴 파는 남자에게서 묘한 신비감마저 들었다.

이윽고 그를 따라 들어간 동굴은 신비, 그 자체였다. 입구부터 벽면을 따라 광목을 대어 무너질 염려가 없게 했고 간간이 백열등을 달아 놓아 조금도 어둡지 않았다. 태양광을 이용하고 있지요, 하며 그는 말했다. 조금 더 들어가니 약간 넓은 장소가 나왔는데 들어서자마자 차가운 냉기가 온몸을 감싸 돌았다. 서늘한 정도가 아니라 마치 초겨울 같은 기온이었다. 자 이걸 입어요, 하며 그가 벽에 걸려 있는 겨울용 외투를 건넸다. 벽 가장자리에는 식용버섯을 키우고 있었고 그 옆에는 조그만 옹달샘도 보였다. 식수를 자체 조달하기위한 그의 노력이 엿보였다. 그리고 한 쪽에는 비상식량들이 보였는데, 쌀, 콩, 김치 등등 언제라도 먹을 수 있는 양식들이었다.

"정말 대단합니다."

"사흘 뒤부터요. 정확히 사흘 뒤. 기다리겠소. 가족들을 데리고 이리로 오시오. 그렇지 않으면……."

그의 표정은 단호했다.

"사흘 뒤면?"

"대란이 일어날 것이오. 도시는 아수라장이 될 것이며 시골은 몰려오는 도시사람들 때문에 힘들 것이오. 그러다 보면 많은 사람들이 죽게 될 것이오. 9월까지는 여기서 버텨야 됩니다."

그의 눈은 서늘하면서도 빛이 나고 있었다.

"그런데 선생님은 어떻게 이 일들을 정확히 예측할 수 있었습니까?"

"난 한때, 한전 산하에 있는 모 전력연구소에 연구원으로 일한 적이 있소. 열대야가 진행되는 폭염 때 '비상전력 사용량의 한계에 대한 연구'를 하고 있었는데, 삼사 년 뒤에 이 나라에 있는 수력, 화력, 원자력, 심지어 풍력까지 동원한다 해도 소용이 없다는 것을 알았소. 윗선에 보고를 했지만 번번이 묵살되는 현실 앞에 어쩔 수 없이 회사에 사표를 내고 이리로 들어온 것이요."

"그럼, 성경에 나오는 종말이란 말씀입니까?"

"하하. 그 정도는 아니요. 이번 일을 겪고 나면 정부에서도 자각하여 대책을 세울 것이고 사람들은 지금까지의 생활양식을 크게 바꾸겠지요. 결국 환경보호라는 이슈가 전면으로 부각되면서 실질적으로 탄소사용량을 줄이고 온난화에 대한 심각한 자각을 하게 되면서 차츰 극복을 해 나가리라 봅니다."

그는 버섯 두어 개를 따와서 간이 탁자 위에 놓았다. 그리고는 내가 가져온 소주를 잔에 따랐다. 소주를 먹는 그의 모습은 한가

롭다 못해 행복해 보였다.

동굴에 갔다 온 지 이틀 뒤였다. 결국 이 산골마을에도 열대야가 진행되었다. 딸아이의 몸에서 열꽃이 조금씩 피어나기 시작했고 나는 밤새 잠 못 이루다가 새벽녘이 되어서야 잠깐 잠이 들었다. 잠결에 나는 동굴 파는 남자가 자꾸 눈앞에 어른거렸다. 땀이 범벅으로 된 상태였지만 나는 내내 딸아이의 병세가 걱정이 되어 곁을 떠날 수가 없었다. 딸아이는 간간이 신음소리를 내었다. 그러나 혹 너무 가려워 딸아이가 그 부위에 손을 댈까 걱정이 되어 나는 미리 손목을 묶어 두었다. 그러나 동이 틀 무렵, 딸아이는 견디다 못해 심하게 울어댔다. 자고 있던 아내는 날 원망했다. 그러게 도시의 병원에서 치료나 받게 하지, 왜 이런 곳으로 왔냐는 아내의 말은 날 힘들게 했다.

잠이 깬 나는 담배를 필 요량으로 밖에 나갔다. 그런데 내 눈앞에 놀랍게도 마당에 묶어두었던 두 마리의 개가 죽어 있는 게 아닌가. 그뿐 아니었다. 후끈 달아오르는 열기와 함께 나무 타는 냄새가 나서 주위를 둘러보니 집에서 얼마 떨어지지 않은 곳에서 산불이 나고 있었다.

아아! 그가 말했던 사흘 뒤가 오늘이었다. 나는 급한 마음에 얼른 집으로 들어가 그 남자의 '동굴'로 들어가기 위해, 생뚱맞은 표정의 아내를 재촉하며 딸아이를 얼른 둘러업었다.

산청에서 길을 묻다

그랬다. 하필이면 이런 날에 눈이 쏟아진다. 그것도 아주 오랜만에 아내와 아이들을 만나러 가는 날에 말이다. 추운 윗지방과는 달리 K가 사는 도시에는 겨울에 좀처럼 눈이 내리지 않는다. 그런데 이게 뭐냐 말이다. 어젯밤 술에 취해 막내 딸아이와 통화를 하고 난 뒤, 그는 서럽게 울면서 내일은 꼭 만나러 가겠다고 약속을 한 터였다.

대문 밖을 나와 차가 있는 곳까지 걸어가는 도중에 그의 머리 위로 함박눈이 내린다. 주위를 아무리 둘러봐도 달리는 차들은 보이지 않는다. 괜스레 불안한 마음에 그는 하늘을 한 번 쳐다본다. 두툼한 안경알 위로 흰 눈들이 금방 쌓인다. 주변은 놀랄 만큼 조용하다. 그렇겠지. 이 도시에 몇십 년 만에 이런 재앙이 떨어졌으니 다들 두렵겠지, 하고 그는 중얼거린다. 시계를 본다. 아침 열 시 정각. 그는 아침밥을 먹었는지 자문한다. 아마 창가에

떨어지는 눈 소리에 놀라 잠을 깬 뒤 차가운 우유 한 잔을 먹은 것 같다.

그때 이 놀랄 만큼 조용한 이곳에 멀찌감치 한 아이가 서 있다. 재는 뭐야? 이 추운 날에⋯⋯. 유심히 지켜보니 신발도 신지 않은 채, 그 아이는 그를 쳐다보고 있다. 대여섯 살쯤 되어 보일까. 얼굴이 갸름한 그 아이는 머리를 길게 늘어뜨리며 그에게 손짓을 한다. 아냐, 내가 왜 이러지. 이건 환영이야. 그는 스스로 머리를 흔든다. 아니나 다를까. 다시 쳐다본 그 자리에 그 아이는 없다. 내 딸아이⋯⋯. 그는 꿈에도 그리던 막내 딸아이, 소희가 생각이 난다. 이제 많이 컸겠지.

그 길로 그는 동네에 있는 단골 카센터로 차를 몬다. 평소 오분 거리였지만 쌓인 눈을 헤치며 가느라 족히 이십 분은 걸린 것 같다.

"아니, 이리 눈이 쏟아지는데 체인 달고 어디 가려고?"

정확한 나이는 가늠할 순 없지만 그와 비슷한 연배로 알고 있는 가게 주인이 시큰둥해서 묻는다.

"시골에."

"뭐? 시골? 거기 누가 있는데?"

그는 픽, 하고 웃음이 나온다. 그도 그럴 것이 그는 가게 주인에게 개인적인 이야기는 한 적이 거의 없다. 그가 가끔씩 늦은 시간에 퇴근할 때 문이 열려 있으면 소주 한두 잔을 나누는 사이였지만 대화의 주제는 늘 자동차에 관한 것 아니면 동네 인심이 어뗗다는 등 가게 주인의 일방적인 이야기뿐이다.

"그냥 있어. 보고 싶은 얼굴들이."

그는 중얼거리듯 말을 뱉고는 담배를 하나 빼어 문다. 내리는 눈과 담배 연기는 절묘한 타이밍으로 뿌연 먼지가 흩어지는 것 같다. 술이 깨려는지 몸이 으스스해지면서 추워지기 시작한다.

"이제, 이런 삶. 그만 됐어요. 함께 가기로 약속했잖아요. 정 가지 않겠다면 아이들을 데리고 갈게요. 혼자 남아 있던지."

아내는 절망적인 표정으로 그에게 이렇게 말했다. 그게 그녀의 마지막 경고인 셈이었다. 물론 그로서도 사랑하는 가족들과 떨어져 살고 싶은 마음은 없었다. 하지만 아직은 아니었다. 하긴 늘 아내에게 아직은, 아직은, 이란 말만 되풀이 했으니 그녀가 못 참을 지경인 것도 이해는 되었다.

일 년 반전에 큰 아이가 지리산, 산청에 있는 중학교과정인 '민들레 대안학교'로 가게 되었다. 몇 년 전부터 아내가 계획하고 벌린 일이었다. 별수 없이 그도 아이가 입학하기 전에 아내와 함께 몇 차례 그곳을 방문하였다. 처음에는 그도 아이도 썩 달가워하지 않았다. 그는 우선 도시와 동떨어진 곳에 아이를 기숙하게 하는 게 맘에 걸렸다. 그러나 아이가 그 학교의 여름캠프를 다녀온 후, 기어코 그곳에 가겠다는 말에 그의 마음도 흔들렸다. 그래서 그는 아내의 권유대로 그 학교를 두 번째 방문했을 때 교장 선생님을 만났다. 과연 아내의 말처럼 그분은 인품과 가치관이

남달랐다. 신앙을 바탕으로 철학과 농학을 전공한 그분은 세상 가치와는 다른 교육철학이 있었다. 처음에 반신반의했던 그였지만, 그 한 번의 만남으로 마음이 움직이게 되었다. 그 후에 몇 차례 학부모 모임과 학교를 둘러 본 그는 이 학교야말로 자신의 큰아이가 다닐 학교라는 것을 확신하게 되었다. 그 학교는 교과과정이 치열하게 짜여진 일반학교와는 달리 누가 봐도 느슨한 곳이었다. 하지만 무엇보다 아이를 그 학교 넣고야 말겠다는 결심이 서게된 것은 교과과정에 농사짓기, 흙 집짓기, 타종교 이해하기 등이 들어있다는 것이었다. 그때 그는 아내에게 그런 결정을 내린 것에 대해 진심으로 고마워했다. 아내도 퍽 만족하는 것 같았다.

그런데 큰 아이만 그곳으로 보내는 줄 알았는데 아내는 아예 그 학교 옆에 있는 마을로 들어가서 살자는 거였다. 아내의 계획은 그랬다. 이제 유치원 졸업반인 막내 딸아이를 그 마을에 있는 초등학교에 넣고 그와 더불어 조그만 텃밭을 가꾸면서 그저 생계를 이어갈 수 있는 양계를 하며 소박한 삶을 꾸려가는 것이었다.

돌이켜보면 신혼 때도 아내는 그랬다. 몇 년 만 이 도시에서 살다가 시골로 가자고 했다. 그때 그는 보통 여자들과는 다른 그런 아내의 목가적이고 순박한 점이 맘에 들어 무턱대고 그러자 했다. 그러나 아이를 둘씩이나 낳으면서 도시의 밥벌이에 익숙해지자 그런 이야기들은 한낱 꿈으로 치부되었다. 다른 부부들과 마찬가지로 맞벌이를 해야 했고 주말이면 여행도 해야 했으며 육아문제로 고민을 해야만 했다. 그러다 그는 도시가 주는 편리함과 안락함에 점차 물들어 도저히 시골에서 살 수는 없는 것 같았다.

그러나 원래 시골에서 자라 그곳에서 고등학교까지 마친 아내는 그 꿈을 계속 간직하고 있은 모양이었다. 큰 아이가 대안학교에 합격하던 날, 아내는 그와 상의 없이 다니던 직장을 그만두더니 조금씩 짐을 챙기기 시작했다. 어느 날 그는 오랜만에 참석한 고교동창회에서 친구들과 술을 한잔한 후 불콰한 얼굴로 집으로 들어오다 이 문제로 아내와 크게 다투었다.

"아니, 큰아이만 가면 되잖아. 지금 내가 사표내고 가버리면 아이들 교육비와 우리 생활비며, 어머님 용돈 등은 어떡할 거야? 또 노후 대책은? 가더라도 어느 정도 돈은 모아서 가야지."

그러자 아내가 쏘아붙였다.

"그러면 그렇지. 당신은 늘 그런 식이에요. 다음에, 다음에……. 지금 당신 모습을 봐요. 매일 마셔대고 피는 술과 담배에 찌들어 있잖아요. 건강이 언제까지나 당신 곁에 있는 줄 알아요? 그뿐인가요? 그렇게 사는 당신은 지금 행복해요? 오로지 직장, 일, 돈에 빠져 사는 당신을 보면 내가 미칠 것 같아. 당신은 원래 그런 사람이 아니었잖아요."

아내는 끝내 절규하듯 소리치다가 그만 울어버렸다. 그런 그녀의 모습에 그는 한동안 망연자실 아무 말도 하지 못했다. 그 역시 밖에서 대부분의 시간을 보내더라도 가족을 사랑하지 않는 것은 아니었다. 게다가 눈에 넣어도 아프지 않을 예쁜 딸아이는 그의 삶의 목표이자 생존의 이유였다. 그러나 당장 지금은 아니었다. 이제 조금만 있으면 다니는 직장에서 부장으로 승진할 그였다. 이 순간을 위해 지금까지 상사로부터 욕먹고 동료로부터 질시를 당하고 하루에도 몇 번씩 그만두고 싶다가도 장밋빛 미래를 위해 참고 참은 그였다.

"조금만 기다려줘. 곧 부장 승진 인사가 있어. 내가 이 순간을 위해 많이 기다렸다는 걸 당신도 잘 알잖아. 지방대학 나와 가지고 여기까지 온 것도 정말 힘들었어. 이제 정점으로 다가가는 내게 모든 걸 다 버리고 시골로 가자고? 그게 말이나 돼?"

그는 오히려 애처로운 표정으로 아내에게 말했다.

"알았어요. 아파트 정리해서 직장 근처에 방을 하나 얻어요. 우리 셋은 내일 당장 떠날 테니……."

아내의 결심은 단호했다.

워낙 많이 내린 눈 때문일까. 고속도로에 진주방면으로 가는 차량이 눈에 띄게 줄었다. 다들 무거운 체인을 감았기 때문인지 굼벵이처럼 기어가는 차량들처럼 그의 차도 속도가 점점 줄어드는 것 같았다. 그는 당장 허기가 느껴졌지만 조금만 더 가면 휴게소가 나올 거라는 희망 때문에 핸들을 꼭 붙잡았다. 평소 같으면 휴게소 앞 주차장 자리에는 차가 너무 많아 주차할 수도 없었는데 오늘은 텅 비어 있었다. 가장자리에 주차를 하고 그는 얼른 식당으로 뛰어 들어갔다. 다행히 식당 안은 따뜻했다. 뜨거운 국밥 하나를 시켜 놓고 그는 망연히 창밖을 보고 있었다.

그동안 그는 아내와 아이들이 있는 시골에 딱 한 번 갔었다. 그러니까 아내가 그렇게 떠나버린 후 몇 달 동안 그는 일부러 혼자 떨어져 살아도 아무렇지도 않다는 것을 과시하기 위해 직장 일에만 오로지 전념했다. 물론 가족들의 생계비며 큰아이 교육비 등은 계좌로 꼬박꼬박 부쳤다. 그러나 그해 봄, 기대했던 부장 진급에서 떨어지던 날 그는 너무도 상심이 되어 가족들을 보러갔다. 막상 일이 이렇게 되고보니 아내의 위안이 그립기도 했고 무엇보다 아이들이 보고 싶었다. 그동안 가끔씩 전화 통화로 안부 정도는 나누었지만 그날은 직접 만나야 속이 풀릴 것 같았다. 그러나 아내는 그가 일부러 갔음에도 대수롭지 않게 밭에서 일을 하고 있었다. 원래는 하루 정도 자고 오려했으나 그런 아내의 냉랭함에 그는 자존심이 상하여 딸아이만 보고 당일 날 밤에 돌아왔다.

그런 생각으로 잠시 멍해질 때였다. 3번 국밥 나왔어요, 하는 주방 아주머니의 목소리에 그는 정신을 차려 배식구로 향하다 동시에 달려드는 어떤 중년의 남자와 어깨를 부딪쳤다. 어, 내가 3번이 아닌가, 하고 그가 표를 확인하려는데 그 남자가 고개를 저으며 그에게 아는 체를 했다.

"혹시 K 아이가? H고 24회였지."

"이학년 때 같은 반 J?"

"맞아."

그는 이런 날 이런 장소에서 동창을 만난 게 신기했고 한편으론 반가웠다. 학교를 졸업한 뒤 직장 초년 시절에 한두 번 만났던 친구였다. 그 후로는 본 적이 거의 없었다. 그나마 이렇게 금방 얼굴이 기억나는 건 당시 그 친구와 한 반에서 제법 가까웠기 때문이었다. 학교 다닐 때 제법 공부도 잘했고 매사에 모범적인 친구였다.

"정말 반갑다. 밥 얼른 먹고 여기서 이럴 게 아니라 우리 사무실로 가자. 진주에 있다. 조금만 가면 돼."

눈이 내려서 일까. 아니면 사람이 그리워서 일까. 얼떨결에 그는 그 친구의 말에 자석에 끌리듯 그렇게 하겠노라고 했다.

친구의 사무실은 단출했다. 1층은 금형 공장이었고 2층은 사무실로 쓰고 있는데 아래층의 기계소리가 여과 없이 웡, 하고 들렸다. 눈인사를 잠깐 나누던 경리 아가씨가 1층으로 잠시 내려갔을 때 그는 아까 그 친구가 차안에서 잠시 가족들 이야기를 한 게 생각나 다시 물었다. 그러자 친구는 대수롭지 않다는 둥 건성으로 대답했다.

"둘 다 호주에 있어. 딸만 하나인데 제 엄마가 초등학교 졸업하자마자 데리고 떠났어. 벌써 딸아이는 대학에 다니고 있다. 넌?"

그는 사실대로 말할까 하다 일이 복잡하게 될 것 같아 대충 얼버무렸다.

"아들 하나, 딸 하난데 함께 있어. 결혼을 늦게 하는 바람에 애들이 좀 어려. 오늘은 C읍에 사는 삼촌을 보러 가는 길이야."

"마누라도 같이 있단 말이야?"

"그렇지. 뭐."

"야, 참 부러운데?"

"뭐가?"

"아니, 난 요즘 가족들하고 같이 지내는 사람들이 제일 부러워. 특히 아이들을 꿋꿋하게 이 땅에서 학교 보내는 사람들 말이야."

친구의 말에 그는 약간 의아한 생각이 들었다.

"아이들 교육문제는 처음부터 찬성한 거 아냐? 우리 그때 직장 생활 초기에 한 번 만난 적 있잖아. 네가 그때 대기업 들어가서 대리 달고 있을 때 말이야. 동창회 때 우리끼리 이차 가서 어울릴 때 네가 한 말이 나는 아직도 기억이 난다."

"무슨 말?"

"대충 이랬지. 이 땅의 학교 교육은 희망이 없다. 그래서 나는 꼭 아이만큼은 외국으로 조기유학 시킬 거라고 했잖아. 그때만 해도 조기유학 같은 건 대세가 아니었는데 말이야. 난 솔직히 그런 말을 했던 네가 부러웠다."

그러자 그는 픽, 하고 웃음을 지었다.

"그걸 아직도 기억해? 물론, 그땐 그랬지. 지금도 이 땅의 교육에 대해선 생각이 똑같아. 중고등학교 때 주입식 교육만 냅다 시키다 보니 대학 가서는 판판이 놀고 졸업 후에는 기업에서 다시

가르쳐야 하는 학생들도 그렇고, 실력도 없으면서 공부하지 않는 일부 선생님들 과 오로지 대학입시만을 위해 짜여진 교과과정들 등 문제투성이야. 그런 면에서 호주에서 공부하는 내 딸아이는 성공한 셈이지."

"그런데?"

그가 되묻자 친구는 한숨을 한 번 내쉬더니 이렇게 말했다.

"문제는 이제 내게 발생을 하네. 아이와 아내가 떠난 뒤 몇 해 동안은 나름대로 내가 못 이룬 꿈을 아이에게 대신 이루게 해줬다는 자부심이 있었지. 아내에게도 외국생활을 해줬으니 남편으로서 보람도 있었어. 주변에서도 앞서 나간다는 칭찬도 자자했고 말이야. 근데 말이야. 처음에 자주 걸려오던 전화도 뜸해지고……. 아, 물론 통화료 때문이라고 아내가 말을 하더군. 방학 때마다 들어오던 그네들이 항공료를 아낀다는 핑계로 점차 오질 않는 거야. 게다가 처음엔 고등학교 까지만 그곳에서 다닐 거라고 약속을 했는데 대학까지 냅다 질렀어. 황당했지만 어쩔 수 있나. 부치는 돈도 그래. 대기업 다닐 때야 그런대로 여유가 있더니만 직장 나와서 사업한다는 게 그리 쉽지만 않아. 요즘 같은 형편에도 매달 돈을 송금해줘야 하니 살기가 너무 빡빡해. 무엇보다 딸아이가 너무 보고 싶어. 호주에 한 번 들어갈까 해도 그놈의 돈 때문에……."

아까와는 달리 친구의 얼굴은 몹시 우울해졌다. 그 역시 그 친구의 사정이 십분 이해가 가서 마음이 짠했다. 퇴근해서 아무도 반기지 않는 방에 들어갈 때의 그 썰렁함과 새벽에 문득 잠이 깨어 아무도 없음을 알았을 때 느끼는 황망함 등은 겪어보지 않은 사람들은 모를 것이었다.

문득 그는 얼마 전부터 가입한 인터넷 카페 '기러기들의 생존 전략'의 한 회원이 떠올랐다. 모임의 취지는 원래 자녀들을 외국 혹은 타지에 보내놓고 남자 혼자 잘 살아가는 방법 등 생존전략을 모색하는 것이었지만, 대개의 동호회가 그렇듯 술자리로 옮겨지면서 회원들의 넋두리를 쏟아내는 모임이었다.

그 회원은 그가 모임에 가입할 때부터 유별스럽게 그가 올린 글에 댓글을 달아주는 등 살갑게 대해준 사람이었다. 그 회원은 그런 생활이 벌써 수십 년째라고 했다. 서울에서 태어나 결혼해 살다, 회사 사정 때문에 서울과 멀리 떨어진 지방으로 발령이 난 후로 그는 혼자 살았다고 했다. 아이들이 어렸을 때 잠깐 부인과 산 적은 있으나 큰 아이가 초등학교에 들어가자마자 아내와 아이들은 모두 서울에 올라갔다고 했다. 그 후로 그의 부인은 아이들 교육을 핑계로 두 번 다시 그가 있는 지방에 오질 않았다고 했다. 별수 없이 그는 회사 사택에 살다가 최근에는 무슨 이유에선지 그 소도시의 조그만 대학 가에 있는 고시원에 산다고 했다. 그와 두 번째 만나던 날에 그 회원은 술에 취해 고시원에서의 생활을 주절거렸다.

"내가 돈이 없어서가 아니라 그냥 젊은 학생들하고 어울리기 위해 거기 들어간 겁니다. 아침에 일어나면 공동 화장실에서 볼 일을 보고, 공동세면장에서 세수를 하고 아침밥은 제 각기 자기 반찬을 가지고 부엌에서 함께 먹지요. 그게 얼마나 재미있는 생활인지 형씨는 모를 거요."

하고 그 회원은 웃으며 말했지만 그는 그 생활은 혼자 사는 남자의 막다른 삶이란 걸 알고 있었다. 돈이 없거나 빚에 허덕이거나 그 둘 중의 하나였다. 결국 그 회원은 한동안 동호회 카페에 현란한 글이 올라오지 않더니, 그 소도시의 지방지 한 면에 기사화 되는 지경이 되었다. 다른 회원이 카페에다 그 신문기사를 올린 것이다.

직장인 OO 씨. 대학가 고시원에서 변사체로 발견. 가족은 서울에 있고 다년간 기러기 아빠 신세. 경찰은 타살의 흔적이 없는 것으로 봐서 자살로 추정. 방에는 어지럽게 널린 소주병들과 수면제 몇 알 발견.

씁쓸한 기억이었다. 그때 친구는 그에게 술을 한잔하자고 했다. 시계를 보니 아직 오후 두 시가 넘지 않았다. 창밖에 눈은 더욱 내리고 있어 그는 어떡할까 망설이다 그냥 친구의 제안을 받아들이기로 했다.

사내는 정기인사를 앞두고 의견이 분분하였다. A팀장이 이번에 부장승진에서 탈락하고 B팀장과 C팀장이 서로 경쟁하는 가운데 둘 중 한 명이 발탁되어 서울로 간다는 등 확인되지 않은 정보들로 어수선한 분위기였다. 그는 작년 인사에서 떨어진 후 일 년을 그야말로 회사에서만 보냈다. 이번에도 부장으로 진급하지 못하면 그 역시 앞서 나간 선배들같이 명퇴 압력을 받아야만 했다. 다행히 작년 타 지점에서 부장으로 승진하여 서울본사로 올라간 입사 동기생으로부터 한 통의 전화를 받은 것이 위안이 되었다. 그 동기생은 인사위원회에서 짠 초안을 보더니 그가 가장 유력하다고 말해주었다.

그날 그는 자신의 방에서 최근에 맡고 있는 프로젝트를 검토하다 늦은 시간에 회사 문을 나섰는데 입구에서 직원을 만났다. 그녀도 야근을 한 모양이었다. 그녀는 입사 삼 년 차로 그가 맡고 있는 팀원이면서 대학 후배이기도 하였다. 그런 연유로 그는 입사 초부터 그녀에게 살갑게 대해주며 매사에 챙겨주는 인연이 되었다.

바깥에 겨울비가 추적추적 내리고 있었다. 늘 조신하게 그 앞에서 조심하기만 했던 그녀가 문득 팀장님이라는 호칭 대신에 선배님, 하고 그를 불렀을 때 그는 깜짝 놀라기도 하였지만 내심 살가운 마음이 들었다.

"왜? 술이라도 한잔 하게?"

"어떻게 알았어요? 근데 술 말고 밥을 같이 먹어요. 선배님 요즘 보니까 너무 힘들어 보여요. 사모님이 안 계시니 밥도 잘 못 챙겨 드시나 봐요."

그녀의 생글거리는 모습에 그는 괜스레 마음이 설레었다.

"어디, 나만 그런가? 그대 역시 집이 시골이라며? 혼자 있잖
아."

"참, 선배님도! 여자랑 같아요? 전 혼자서도 너끈히 밥도 잘해
먹고 스스로 잘 챙기고 한답니다."

사실이었다. 남자가 혼자 사는 게 어떤 건지 실제로 경험해 보
지 않은 사람은 모를 것이었다. 그 역시 대학시절을 타지에서 보
낸 적이 있었다. 혼자 밥해 먹고 빨래하고 청소하는 건 당연한 것
이었다. 그러나 그때는 젊었을 때였다. 한두 끼 정도는 굶어도 전
혀 활동하는데 지장이 없었고 사나흘씩 술을 퍼마셔도 그 다음
날은 가뿐했다. 그러나 나이 들어 혼자 살다보니 불편한 게 한두
가지가 아니었다. 당장 아침에 밥을 해 먹는다는 건 정말 불가능
한 일이었다. 아내가 있을 때는 이른 새벽이라도 따뜻한 밥과 국
은 준비되어 있었지만 그녀가 떠난 후 한동안은 라면, 수프 등을
끓여 먹었다. 그러나 그것조차 하기 싫을 때가 많아 최근에는 거
의 아침밥을 굶다시피 하고 출근을 해야 했다. 점심은 구내식당
혹은 거래처 사람들과 해결한다 하더라도 저녁밥 역시 아침과
마찬가지였다. 늘 퇴근이 늦어 밥을 해먹는다는 건 불가능했다.
별수 없이 원룸에 들어갈 때 우유 한 병과 빵 한 개를 사다 먹었
다.

매운 순댓집이 직장 근처에 있는 줄은 그는 몰랐다. 그녀가 이
끌기에 따라가 본 그곳에는 근처의 젊은 직장인들과 대학생들로

붐볐다. 그녀는 빨간 고추장을 입가에 묻혀가며 맛있게 먹었고 그도 곧 따라했다. 오랜만에 느껴보는 함께 먹는 즐거움이었다. 소주를 곁들여 먹어가며 그녀는 젊은이답게 깔깔거리며 대화를 주도했다. 그러나 장소를 옮겨 맥줏집에 갔을 때 그녀는 계속 그러지 않았다.

"선배님은 이번엔 승진하시죠? 그러면 서울로 가실거구요."

"그건 모르지. 본사에서 하는 일을 내가 어떻게 알까?"

"아니에요. 다른 사람들은 몰라도 난 알 수 있어요. 선배님만큼 이 회사에서 열심히 일하는 사람이 어디 있어요? 하지만 이런 말씀을 드려도 될지 모르겠지만요, 선배님은 이 생활에 만족하세요?"

그는 이 예쁘고 젊은 아가씨가 오늘따라 왜 그러나 싶었다.

"만족? 그게 무슨 말이야?"

"행복하신가 물어보는 거예요."

뜬금없는 그녀의 말이었다.

"그렇지 않다면요. 만약 조금도 지금 생활하는 게 행복하지 않다면요. 다시 사모님과 아이들을 이쪽으로 데려올 수 없다면, 제 바람은 선배님이 가족이 있는 시골로 가는 거예요. 저는 입사하고 선배님을 쭉 지켜봤어요. 선배님은 가족과 함께 있을 때가 가장 활기차고 행복하게 보였어요. 근데 이게 뭐예요? 평일에도 휴일에도 선배님은 늘 일, 일, 일뿐이죠. 최근에 영화 한 편, 좋은 책 한 권 읽은 적 있나요? 아마 아닐 거예요. 여행 한 번 가본 적도 없죠? 자신을 일 중독자라고 생각하지 않나요?"

그는 그녀의 당돌한 질문에 약간 기분이 상했지만 상대는 자신보다 훨씬 어린 사람이었다.

"네 말은 다 인정해. 하지만 우리 나이엔 어쩔 수 없는 일이기도 해. 내가 아니면 우리 가족들 부양 못 해. 또 이런 치열한 경쟁에서 살아남기 위해서 나만 그런가? 아마 내 또래 직장인들은 다 그럴 걸? 아직 넌 어려서 몰라."

"그럴까요? 누구나 다 선배님처럼 가족을 위해 자기 자신을 희생하며 오로지 회사에만 매달려 살까요? 그건 아니라고 봅니다. 저도 선배님에 대해 좀 알고 있어요. 입사 초기부터 오랫동안 사내 사진부에서 왕성한 활동을 한 걸로 알고 있어요. 한때 관록 있는 사진전에서 수상도 했다고 들었는걸요. 예술성이 잔뜩 묻어 있는 분이 왜 이렇게 되셨는지 한번쯤 자신을 돌아봐야 되지 않을까요?"

"그만해! 선배에게 말이 지나쳐."

그는 자신도 모르게 소리를 질렀다. 그러나 그녀의 말은 그가 생각해봐도 맞는 말이었다. 그랬다. 대학시절부터 사진 찍는 일은 그에게 인생의 큰 즐거움이었다. 아내와 처음 결혼을 약속할 때 그는 어느 정도 도시에서 생활한 다음에 시골에서 들꽃 하나, 풀포기 하나를 찍으며 살아가겠노라 했다. 그런 그의 소박하고 푸근한 마음에 끌려 그의 아내도 그와 선뜻 결혼을 했다. 그러나 지금은 그녀의 말대로 자신이 왜 이리 변했는지 감이 잡히질 않앉다. 생각해 보니 사내에서는 승진을 고려해 억지로 찍은 것뿐이었다. 갑자기 신혼 때의 아내와 그때의 추억들이 생각났다.

　대낮부터 술을 마셔서일까. 아니면 눈 내리는 날 친구가 있어 그랬을까. 그 친구는 그를 앞에 두고 매우 많은 양의 술을 마셨다. 친구에 비해 그는 눈만 조금 그치면 얼른 가족이 있는 그곳으로 갈 요량으로 입술에 잔만 대는 시늉을 했다. 이곳에서 그의 아내와 아이들이 사는 집은 그리 먼 거리는 아니었다. 만약 눈길만 아니었다면 차로 삼사십 분이면 충분한 거리였다. 거기다 눈은 아까와는 달리 사박사박 내리고 있었다. 이 정도면 한 시간 정도 운전하면 될 터였다.

　"친구야. 나는 술만 마시면 아버지가 생각이 난다. 우리 아버지는 나를 비롯해 네 명의 형제들을 위해 밤낮으로 일만 하시다 돌아가셨거든. 오로지 자식들의 성공과 출세를 위해 당신은 휴일도 없이 희생하셨던 분이지. 그런데 나는 그렇게 안 살려고 했는데 이게 뭐냐? 나도 똑같아. 나 지금 사업한답시고 토요일, 일요일 쉬어본 날이 손에 꼽힌다. 그 흔한 영화 한 편 본 날이 없다. 하긴 이렇게도 안 하면 내 아이 교육비도 못 벌지만 말이야. 이젠 너무 지쳐. 일을 마치고 집에 들어가면 썰렁한 방에 날 반겨주는 건 키우는 강아지 한 마리야. 사람 냄새 맡고 싶은데 도대체 내가 지금 뭐하자고 이런 짓거리 하는 건지 도무지 알 수가 없다. 그래도 넌 참 행복한 편이야. 마누라가 해주는 밥 먹고 귀여운 애들하고 같이 있으니 말이야."

처음부터 가족에 대해 거짓말을 한 게 어쩌면 다행이었다. 그는 친구의 말을 곰곰이 새겨들을 수밖에 없었다. 한 잔 더 하자며 그의 손을 꼭 붙잡는 친구를 뒤로 하고, 그는 그곳을 나와 차에 시동을 걸고 와이퍼를 작동시켰다. 눈은 갈수록 더디 내렸지만 땅 위는 반대였다. 차창가로 보이는 건물과 가로수 위는 모두 하얗게 변해있었고 도로에는 미처 치우지 못한 눈들이 쌓여있었다. 히터를 켜 두었지만 몹시 추웠다.

산청의 교통 중심지인 원지에서 합천, 의령 방면으로 차를 몰다, 문대 삼거리에서 그는 정취암, 율곡사 방면으로 차를 몰았다. 내비게이션이 고장이 나서 걱정은 했지만 다행히 표지판이 잘 되어 있었다. 주위의 논은 온통 흰색이었다.

마침내 목적지인 아내와 아이들이 사는 단계마을 입구에 도착했다. 고택이 즐비한 이곳의 한옥 마을은 고풍스럽다 못해 목가적이었다. 주차장이 있는 단계초등학교 앞 상수리나무에 도 눈이 흠뻑 앉아 있었다. 그는 사고 없이 무사히 도착한 것에 안도의 한숨을 쉬며 잠시 담배를 하나 피우기 위해 차에서 내렸다.

그때였다. 학교 운동장 쪽에서 한 무리의 아이들이 깔깔거리며 눈싸움을 하는가 싶더니 어느새 그가 있는 쪽으로 우르르 몰려왔다. 이 조그만 마을에서 낯선 이방인이 나타났으니 아이들은 신기한 모양이었다. 그는 혹 이 아이들 중에 그가 그토록 보고 싶어 하던 딸아이가 있는지 살펴보았다. 아아, 그 자리에 딸아이가 있었다.

"소희야!"

그러자 그의 딸아이도 순간 눈이 휘둥그레졌다.

"아빠!"

딸아이는 그와 눈이 마주치자 지체 없이 그의 품으로 뛰어 들어왔다. 눈물이 핑 돌았다. 그는 딸아이를 안고 마치 영화의 한 장면처럼 한바퀴, 두 바퀴, 계속 돌리고 또 돌렸다. 먼발치에서 그의 아내가 그 장면을 보고 있었다. 그의 귓가에는 아이의 웃음 소리와 눈 내리는 소리밖에 들리지 않았다. 순간 그는 이제 두 번 다시 혼자 살던 그 도시로 가지 않아야겠다는 생각이 퍼뜩 들었다. 이렇게 소중한 가족들과 절대로 헤어지지 않겠다고 스스로 맹세를 하면서 말이다. 그렇게 그가 정말 모처럼의 환희에 빠져 있을 때 그의 호주머니에 있던 휴대전화에 이런 문자가 왔다.

부장 진급 확정

다음 주부터 서울 본사로 출근 요망

내
안
의
아
이

사각형의 투명 유리로 된 간호사실을 돌면 복도와 연결된 중간 지점에 바깥 풍경이 고스란히 보이는 식당이 있다. 흰 페인트가 엷게 칠해진 철제 탁자 네 개와 의자 수십 개가 놓여 있는 그곳은 환자들이 밥을 먹는 곳이지만, 그 외의 시간에 나를 비롯한 여러 명이 간간이 담배를 피우는 장소이기도 하다. 나는 주로 이른 새벽녘 혹은 밤늦은 시간을 이용해 이곳에서 담배를 피운다. 병원 규칙상 그 시간에 나오면 안 되지만, 직원들은 그다지 제지를 하지 않는다. 그건 학연과 지연을 중시하는 이 사회의 특수성이 여기서도 유효하기 때문이다. 내가 있는 5병동의 주임 간호사는 아내와 대학 동기이고, 보호사 중 유일하게 날 잘 챙기는 김은 고향 후배이다.

오늘도 나는 어김없이 새벽 다섯 시에 그곳에 서 있다. 병원 담을 경계로 안쪽에 심어 놓은 동백이 가로등 불빛과 묘하게 어우러져 염염히 타오르고 있다. 나는 담 너머 밖을 보기 위해, 성에 가 두툼히 낀 창을 소매로 닦는다. 내가 그토록 소망하는 바깥세상은 가로등만 희미하게 켜져 있을 뿐, 아직 어눌한 어둠에 싸여 있다. 이제 조금만 있으면 시내로 들어가는 첫 마을버스가 올 것이다. 아직 어둠이 채 가시지 않은 병원 건너편 가게 앞에는 일단의 사람들이 웅크린 채로 서 있다. 몹시 추워 보인다. 까만 교복을 입은 여학생이 있다. 허리가 몹시 구부러진 할머니, 행상을 하는 듯 늘 자신의 몸보다 큰 짐을 어깨에 멘 중년의 사내도 있다.

버스는 헤드라이트를 켜고 서서히 들어온다. 문득 이런 생각을 한다. 컴컴한 어둠 속에 운전자는 헤드라이트를 켜도 겨우 20~30m 앞만 볼 수 있다. 그 이상은 볼 수 없다. 그런데 우리는 흡사 모든 걸 보는 것 같이 앞으로만 질주한다. 무엇이 앞을 가로막고 있는지 아랑곳없이 말이다. 나는 다시 담배 한 개비를 더 문다. 속은 타고 있다. 저 마을버스만 탈 수 있다면, 그래서 다시 세상으로 나갈 수만 있다면, 하는 허튼 생각으로 마음이 더욱 초조해진다.

삼 년 전, 이 병원에 처음 왔을 때만 하더라도 나는 이렇게 이곳에 오래 있을거라고 생각지 못 했다. 그저 길어야, 아내의 말대로 바깥일들이 조용해지는 대로 몇 개월만 버티면 나갈 줄 알았다. 그러나 그건 착각이었다. 아내는 이곳의 내 생활이 보기 좋은지 도무지 꺼내줄 생각을 하지 않는다. 면회도 처음에 몇 번 왔을 뿐, 그 후로는 아예 오지 않는다. 아내의 마지막 말이 기억난다.

'남 보기 부끄러우니 냉정하게 자신이 누구인지, 무엇을 했는지 반성하고 있으세요. 아니, 이참에 자기 자신을 철저하게 분석해보세요. 무엇이 문제이고 어떤 게 고쳐야 할 점인지……. 내가 적당한 때 빼 줄 테니.'

분석이라니, 내가 무슨 화학분자도 아니고 뭘 분석한다는 말인지. 그 적당한 때가 언제이기에 이 황량한 곳에 무방비로 날 이렇게 내버려두는 건지. 나는 절로 한숨이 나온다. 잠시 후, 실내에 후끈한 히터가 켜지더니 창이 뿌예지고 있다. 나는 습관적으로 둘째 손가락을 창에 대고 이리저리 글을 새긴다. 아내, 내 아이들, 세상……. 하긴 이런다고 허한 내 마음이 풀릴까. 그저 나는 한숨 섞인 분노를 창에 뱉을 뿐이다.

그때, 누군가 조용한 소리로 날 부른다. 나는 고개를 돌릴 생각도 않고 담배를 하나 건넨다. 워낙 일상적인 일이라 보지 않아도 누구인지 뻔하다.

"망할 놈들. 내가 잠든 사이에 또 담배를 빼 갔어. 도대체 누구인지 잡히기만 해봐라. 반쯤 죽여 놓을 거야."

그가 늘 새벽에 하는 소리다.

"고마워. 역시 이형밖에 없다니까. 내 여길 나가면 진짜 멋지게 한턱 쏠 테니 기대해."

박형은 이 병동에서 제일 선임이다. 나보다 두어 살 많은 그는 알코올중독자로 벌써 십여 년째 입원과 퇴원을 반복하고 있다. 보통 술꾼들이 한 자리에서 2홉들이 소주를 일 인당 2~3병을 먹는 것과는 달리 그는 보통 안주 없이 10~15병을 먹는다. 처음 한 두 병 먹을 때는 그나마 정신이 있다. 그러나 그다음부터는 먹는 속도가 빨라지며 불안하다가 횡설수설한다. 그리고 나중에는 완전히 정신이 나간다.

내가 미친놈이지. 마누라하고 애새끼를 봐서라도 그때 마지막으로 퇴원했을 때 술을 끊어야 되는데. 아, 그때 말이지. 내 눈앞에 병원에 있을 땐 안 보이던 그놈이 또 보여 가지고 말이야. 자꾸 마시라는 거야. 자기가 책임진다고. 환장할 노릇이지.

"그놈? 그놈이 누군데."

이야기해도 안 믿을 거야. 의사하고 가족들도 안 믿는데 뭐. 이 형도 내가 말하면 날 미친놈 취급할 거야. 글쎄. 굳이 알고 싶다면 말 못할 것도 없지. 그놈은 말이야. 얼굴은 확실하게 보지는 못했는데, 내 젊은 시절하고 너무 닮은 것 같아. 목소리도 비슷하고 말이야. 그놈은 내가 꼭 소주를 7~8병 정도 먹으면 나타나 내게 말을 거는 거야. 그래서 내가 얼굴 한번 보려 다가서면 그때마다 내 옆으로, 위로, 뒤로 돌아섰는데. 어쨌든 난 그놈이 너무 좋아. 나더러 자꾸 마시래. 그래서 시키는 대로 먹다보면 아뿔싸! 그땐 항상 늦었어.

두 달 전에 퇴원했다 가족의 신고로 다시 강제 입원한 그는 술이 조금 깨자 내게 이렇게 말했다.

귀신이란 말이야? 요즘 세상에 그런 게 어디 있어. 박형이 술을 너무 먹으니 환시가 보인 거야. 잘 봐. 여기 분열증으로 입원해 있는 애들 중에 특히 환청이나 환시가 많다 하잖아.

어허이. 답답하네. 내가 아무리 술을 많이 먹는다 해도 그런 것도 구분 못할까. 내가 정신병자야? 그게 아니라니까. 아니, 귀신이 말하는 수도 있어?

담당 의사한테 말 해봤어? 의사는 뭐래?

몇 번 말했지. 근데 안 믿어. 무조건 술 때문이라는 거야.

헛것이 보인 거야. 왜 보통 사람들도 심신이 피곤할 때 가끔씩 실제 있지도 않은 현상이 안개처럼 비칠 때가 있거든. 아니면 잠깐 꿈이라도 꾼 거겠지.

그는 내 말을 듣자 그냥 헛헛하게 웃을 뿐이다. 그러나 그의 말이 거짓이 아니라는 걸 나는 잘 안다. 평소에는 그렇지 않지만 어떤 돌출상황 때 자신 깊숙이 뿌리박힌 잠재의식, 혹은 쓴 뿌리가 어떤 형상이나, 모양으로 나타날 때가 있다. 그 형상이 자기 어릴 때 모습일 수도 있고, 청년기의 모습일 수도 있다. 물론 정상적인 사람에게는 잘 나타나진 않는다. 주로 우리 같은, 그러니까 심성이 너무 맑거나, 불안정하거나, 연약한 사람들은 한두 번씩 겪는 일이다. 나도 가끔씩 그럴 때가 있다. 하지만 나는 이런 말을 내 담당의사에게 말하진 않는다. 괜히 골치 아프게 긁어 부스럼을 만들긴 싫고, 정말 그들이 날 정신병자로 취급하면 곤란하니까.

그렇게 그 장소에서 박형과 함께 담배를 몇 대 피웠을까. 간호사실 맞은편에서 사람들의 웅성거리는 소리가 들린다. 벌써 아침식사 시간이 된 것이다. 식당과 연결된 복도에는 한무리의 배식조가 엘리베이터 문을 열고 밥과 찬이 담긴 손수레를 끌며 오고 있다. 순식간에 식당은 잠에서 막 깬 환자들로 넘친다. 박형은 언제나 그렇듯 밥 한 그릇을 맛있게 먹은 뒤, 내 밥과 국을 조금 더 덜어가면서 말한다. 이형. 오후 산책시간 때 꼭 나가지. 내가 봐둔 데가 있거든. 할 얘기도 있고 말이야. 오늘따라 그가 초조해 보인다. 나는 건성으로 듣고 밥을 반쯤 먹고선, 내 방에 들어가 누워버린다.

■면담(상담) 일지
- 일 시: 2005년 12월 22일 AM 10:00
- 장 소: 5층 B동 면담실
- 면담자(A): 정신과 전문의 강진섭
- 환 자(B): 이시영

A: 기분은 어때요? 이제 술은 완전히 깼죠?
B: 그저, 그렇습니다. 혹 담배 있으면 하나 주시죠.
A: 저는 담배를 피우지 않습니다. 있다 하더라도 의사가 환자에게 담배를 주는 일은 없죠. 좀 참으셨다가 면담 마치고 간호사에게 달라고 하세요. 됐죠? 자, 그럼 이제 시작하시죠. 당신은 사흘 전에 저희 병원에 입원했습니다. 이유는 술에 만취된 상태에서 사무실에 불을 질렀기 때문입니다. 인정합니까?

B: 인정합니다.

A: 왜 불을 질렀죠?

B: 화가 났습니다. 사장이 끊임없이 부당한 일을 내게 지시했지요. 모든 직원들이 내가 옳다는 걸 알고 있었습니다. 내비록 그 회사가 아니면 갈 데가 없다 하더라도 아닌 건 아니다, 투명하고 정직하게 살자는 주의입니다.

A: 그렇다고 대다수의 직장인들이 그런 식으로 대응은 않지요.

B: 그렇겠지요. 한데, 저는 정말 억울합니다. 그날 제게 전적으로 호응하던 전 직원들이 연말 인사이동 때문인지 그놈의 사장한테 붙어 날 배신했습니다. 그렇게 믿었던 사람들이었는데……. 전 절대로 홧김에 한 일은 아닙니다.

A: 그럼 계획적이었나요?

B: 이봐요. 선생님. 지금 무슨 범죄 수사합니까. 그 일은 내가 자세하게 설명해줘도 당신은 모를 거요. 어쨌든 내 입장에선 최선이었어요. 이런 얘긴 그만합시다.

나는 어릴 적부터 불을 좋아했다. 아버지로부터 사내 녀석이 저리 약해 가지고, 하는 꾸지람을 듣는 날이면 어김없이 동네공터로 향했다. 나는 그곳에서 쓰레기를 모아 성냥으로 불을 지폈다. 쓰레기는 주로 신문, 옷가지, 나뭇가지였는데 곁들여 애용한 것은 내 일기장이었다. 주로 아버지에게 야단맞는 날에 기록한 것이었다. 일기장을 하나씩 뜯어 타오르는 불길 속에 집어넣다

보면 어느새 내 마음은 깨끗이 정화되는 것이었다.

그 성향은 성장했어도 마찬가지였다. 중, 고교를 거쳐 대학을 다닐 때 나는 각종 시위가 있을 때면 화염병을 제조해 불붙여 던지는 것을 즐겼다. 사람들은 나더러 정말 정의롭고 맹렬한 투사라고 했지만 그건 사실과 달랐다. 난 단지 불을 좋아했고, 이 세상을 향해 불을 던져 지르고 싶은 강렬한 충동에 사로잡혔던 것뿐이었다. 대상이 누구이던지 상관없었다. 국가든, 정치인이든, 대학 총장이든.

그러나 평소에 나는 괜찮은 사람이었다. 조용하고 온유한 성품을 지닌 자라고 자부한다. 그런데 하필이면, 그러니까 내가 이 병원에 오기 하루 전이었다. 그동안 직장에서 별 문제도 없었는데, 오직 한 사람인 사장과 갈등이 있었다. 직장에서 오랫동안 골칫거리였던 세금문제로 회의가 있었다. 정당하게 납부하는 게 좋다는 내 의견에 그가 제동을 걸었다. 당연히 그를 따르는 자들은 모두 나를 비난했다. 정당하게 세금내서 어떻게 기업하겠느냐는 것이 그들의 주장이었다. 하지만 경리파트에서 일하는 나로서는 매번 이중장부를 만드는 게 큰 고역이었다. 또 한 달에 한 번씩 있는 새파란 세무서 직원들과의 의례적인 접대가 너무 싫었다. 사장은 노골적으로 그것도 공개석상에서 날 몰아세웠다. 나는 순간적으로 피가 끓었고, 밖으로 나가 퇴근시간을 훨씬 넘기며 소주 다섯 병을 마셨다. 그리고는 직장으로 들어가 내 사무실에 불을 질렀다. 다행히 사무실에는 아무도 없었다. 나는 태연히 아내에게 전화를 했다. 구경꾼들이 삽시간에 모여들었고 누군가 소방서에 연락을 했는지 소방차가 요란스레 오고 있었다. 나는 그곳에서 소주병을 든 채 크게 웃었다. 속이 편해지고 정신은 더 없이 맑았다. 기겁을 한 것은 소식을 듣고 온 아내였다.

다음 날 내가 끌려 간 곳은 이상하게도 경찰서가 아니었다. 눈을 떠보니 천장과 벽이 모두 하얗게 된 방이었다. 링거가 내 팔뚝과 연결되어 있었고 나는 침대에 묶여있었다. 눈을 살포시 떠보니 하얀 가운을 입은 사람과 정복차림의 경찰이 심각하게 얘기를 나누고 있었다.

"뇌파검사결과가 나왔는데 극히 비정상입니다. 심리상태도 무척 불안하구요. 혈액 속에 알코올도 대량으로 검출되었습니다."

"그럼 고의성이 전혀 없단 말입니까?"

"지금으로선 그렇지요. 이 환자는 심인성 및 기질성 정신질환을 동시에 앓고 있어요. 일종의 정신분열증인데……, 굳이 병명을 말하자면 '기질적 방화욕구증' 이라고나 할까요. 이를테면, 내적으로 감당할 수 없는 갈등이나 욕구, 불만 등을 불을 보면서 해소하는 특이한 병이죠."

의사는 어려운 의학용어를 써가며 경찰을 따돌리고 있었다. 나는 그 말을 액면 그대로 믿은 그가 우스웠다. 세상에 그런 병이 어디 있단 말인가. 어쨌든 경찰은 머쓱한 표정을 지으며 다음에 증빙서류나 보내주쇼, 하고 밖으로 나갔다. 상황판단이 되었다. 이건 분명 아내의 재치였다. 현재 다른 병원에서 정신과 간호사로 일하는 아내는 평소 잘 알고 지내는 이 병원으로 나를 데려온 것이다. 방화범으로 구속되어 전과가 남는 것보다 정신병원에 집어넣는 것이 남편의 앞날에 도움이 되리라 생각한 것 같았다.

한참을 잔 것 같은데, 시계를 보니 겨우 삼십 여분이 지나고 있다. 박형이 미안한 듯 날 깨운다. 아침식사 후 늘 반복되는 투약시간이다. 힘없이 축 늘어선 환자들 뒤로 나와 박형은 마지못해 줄을 선다. 김 간호사와 보호사 김지만은 무뚝뚝한 표정으로 약을 배급하고 또 다른 보호사 황은 날카로운 눈초리로 투약 장면을 지켜본다.

"입 크게 벌리고, 다 먹었으면 혓바닥 내밀어요. 그래야 먹었는지 안 먹었는지 알 것 아뇨. 됐어, 다음."

황은 오늘도 환자들이 혹 약을 안 먹고 버리는지 일일이 검사하고 있다. 그 장면은 마치 시골농가에서 주인이 닭 모이를 주는 것 같아 나는 몹시 불쾌하다. 내 차례가 되자 나는 능숙한 동작으로 혓바닥을 내보인다. 그러나 나는 벌써부터 약을 먹는 시늉만 했지, 혓바닥 뒤에 감춘 약들은 투약시간이 끝나면 화장실에서 모조리 뱉어버린다. 대열을 이탈해 약을 머금은 채 화장실에서 온 나는 손바닥에 약들을 뱉어낸다. 리스페리온, 올란자핀, 그로자핀, 바륨, 아티판 등 무려 5가지 10알이다. 거의가 중증 정신분열, 조울증, 성격장애 등에 쓰이는 약들이다.

지난 삼 년 동안 나는 퇴원의 희망을 품고 담당의사, 그 밖에 직원들에게 잘 보이려고 꼬박꼬박 약을 먹어왔다. 그러나 약을 먹기만 하면 한 시간도 채 못 되어 하체가 풀리면서 정신이 몽롱해지는 게 마치 마약을 먹은 지랄 같은 기분이었다. 말도 어눌해지면서 사물을 제대로 판단할 수 없었다. 그래서 최근 들어 그들의 눈치를 살피면서 약을 몰래 버리고 있는 것이다. 그때다. 화장실에서 태연히 나오려는데 갑자기 투약 장소에서 앙칼진 목소리가 들린다.

"나, 약 안 먹어. 빨리 집에 보내줘."

얼핏 듣기에 얼마 전에 입원한 신입 여자환자 같다. 이어 김 간호사와 보호사 황의 협박이 시작된다.

"이봐요, 여긴 정신병동이에요. 정신과 근무해봤으니 투약을 거부하면 어떻게 되는지 알고 있을 텐데."

"간호사님, 저 미치지 않았어요. 얼른 집에 가야 되요. 아기가 기다리고 있어요. 내가 없으면 우리 아기 젖 줄 사람이 없다니까요."

그녀의 표정은 애절하다 못해 고통스럽다. 보호사 김의 얘기로 그녀는 이제 백 일된 아이를 둔 현직 정신과 간호사라 한다. 미혼 때부터 가벼운 분열증을 앓고 있다가 결혼 후 직장과 육아 문제, 남편의 외도 등으로 발병해서 온 경우다. 김 간호사는 다소 망설이다 결정을 한다.

"황 보호사! 이 환자 B동에 데려가 결박하세요. 과장님에겐 나중에 제가 말씀드리죠."

B동은 가장 상태가 안 좋은 중증환자들이 온종일 갇혀있다시피 하는 독방이다. 햇볕도 안 들고 식사시간 외에는 끈으로 늘 묶여있어야 한다. 하루 종일 그들이 투여하는 약을 먹고 누워 지내려면 허리가 끊어질 것 같은 고통이 뒤따른다. 나 역시 처음 이병원에 왔을 때, 한 번 퇴원시켜달라고 의사에게 대들다 그 병동에 한 달 정도 지낸 적이 있다. 그곳은 정말 인간이기를 포기한 상태다. 대소변도 그냥 누워서 봐야하는 모멸감, 고통, 비애……. 난 그때 정말 죽고 싶었다. 박형과 나는 힘없이 보호사황에게 끌려가는 그녀를 물끄러미 보고만 있다.

■면담(상담) 일지

• 일 시: 2006년 11월 5일 AM 10:00

• 장 소: 5층 B동 면담실

• 면담자(A): 정신과 전문의 강진섭

• 환 자(B): 이시영

A: 어때요? 지낼 만해요?

B: 네. 좋습니다. 한데 선생님. 이제 저, 약도 잘 먹고 적응도
   잘하고 있습니다. 이제 그만 퇴원 좀 시켜주세요. 아내하고
   아이들이 너무 보고싶습니다.

A: 퇴원? 그건 좀 곤란해요. 보호자동의도 있어야 하고, 시영
   씨 지금은 많이 좋아졌다지만 언제 집에 들어가 또 불을 지

를지도 모르고 말이죠.

B: 아내가 동의를 안 한단 말입니까? 제 아내를 제발 좀 만나
  게 해 주세요.

A: 글쎄요. 면회 한 번 오라고 말을 해보겠지만, 그보다 어릴
  적 아버지와의 관계는 좀 어땠습니까? 아버지는 어떤 분이
  셨지요?

B: …….

A: 말씀 하시죠. 면회는 말해볼 테니.

B: 아버지는 그냥 보통 분이었습니다. 어머니와도 원만했고 우
  리들을 끔찍이 생각하시던 분이었죠.

A: 아내분의 얘기는 다르던데요?

B: 아내는 잘 모릅니다. 그 사람이 제 어릴 때 일을 어떻게 나
  보다 잘 알겠습니까?

A: 약을 좀 더 올려드리죠.

  오후가 되자 날씨가 많이 풀렸다. 병동사람들의 얼굴에 웃음이
배실 배실 흐르고 있다. 한동안 추위 때문에 시행하지 않던 산책
이 있다 하니 모두들 모처럼 들떠 있는 것 같다. 산책코스는 병원
옆 제법 큰 정원이다. 나무와 꽃도 볼 수 있고 흙을 밟을 수 있으
며, 재수가 좋은 날엔 길 가던 사람들도 볼 수 있다. 사회사업가
두어 명이 혹 게을러서 빠지게 될 것 같은 환자들을 계속 독려하
고 있다. 마침내 우리는 줄지어서 병원 옆문을 통해 세상에 나아

간다. 나는 모처럼 하늘을 본다. 구름 한 점 없는 하늘은 시리다 못해 새파랗다. 기분이 무척 상쾌하다. 아……. 이대로 이 길을 따라 내 아내와 아이가 있는 집에 가면 얼마나 좋을까. 몇 년 동안 보지 못한 내 아이들은 얼마나 컸을까. 아내는 면회 올 때 아이들을 데려오지 않았다. 자연 나는 외국에 몇 년간 출장을 간 것으로 되어있다. 당시 열 살, 네 살이던 내 아이들은 이제 열 셋, 일곱 살이 되었다. 이 병원에 오기 며칠 전, 내가 퇴근하자마자 네 살 된 딸아이가 생일케이크 사달라고 떼를 썼다. 아직 네 생일 아니야. 그래도 사줘. 오늘 어린이집에서 민수오빠야 생일케이크 먹었단 말이야. 다음에 사 줄게. 싫어, 싫어……. 아직도 귀에 생생하다.

　그때 박형이 내 옆에 바짝 붙는다. 시선을 정면으로 하던 그는 애써 태연한 척한다.

　"이형. 저길 봐. 철조망이 약간 망가져 있지. 저번 가을 태풍 때 부서진 건데, 아직 정비를 안 해 놓았어. 어때? 저리로 가면 승산이 있어 보이는데. 안 그래?"

　"뭐?"

　나는 정말 화들짝 놀랐다. 박형이 이런 소리를 할 줄은 꿈에도 몰랐다. 저리로 탈출을 하자고. 그러면 내가 늘 소망하던 바깥세상으로 나갈 수 있다고. 아아, 내 가슴은 급격하게 요동치며 파르르 떨리고 있다.

　"언제부터 그런 생각을 했어? 그것보다 가능이나 하겠어?"

박형은 나의 떨리는 목소리에 쿡, 하고 웃는다.

"왜 겁나? 이형. 여기는 교도소가 아니야. 설령 탈출하다가 잡히더라도 실정법 위반이 아니거든. 까짓것 독방에 한번 가면 되지 뭐. 이깟 건 아무것도 아니야. 내가 보기엔 충분히 승산이 있어. 계획만 잘 세우면 우린 나가는 거야. 이 좁고 고통스러운 곳에서 말이야. 어쨌든 오늘 밤 식당에서 보자. 그때 상세하게 얘기하는 거야."

나는 다리가 후들거린다. 숨이 거칠어진다. 휴, 하고 긴 숨을 내뱉으니 조금 나아지기는 하다. 그래도 두려운 건 마찬가지다. 그날 저녁 내내 나는 이 생각에 몰입한다. 저녁밥을 먹는 둥 마는 둥 서둘러 나는 내방에 꼼짝없이 누워있다. 가능한가. 나는 왜 이때까지 이런 생각을 못 했는가. 그저 새벽에 창밖에 서서 하염없이 바깥을 동경만 했는가. 아내는 내가 갑자기 나가면 어떻게 반응할까. 내 아이들은 날 알아볼까. 환자복을 입고 갈 순 없지 않은가. 내 사복이 어디 있더라. 그리고 돈은. 매달 아내가 원무과로 간식비 등을 송금하는 줄은 알고 있지만 현금은 없지 않은가. 일단 나가면 마을버스를 타고, 아니 택시를 타고 집으로 가서 주면 되지 않을까. 아니지. 그 시간에 집에 아무도 없으면. 그리고 택시기사가 환자복차림의 날 의심하지 않을까. 집에 가면 혹 아내가 병원으로 신고하지 않을까. 그래 맞아. 차라리 강 닥터에게 부탁을 해서 아내더러 한 번 면회를 오라고 하자. 그래서 사정하는 거야. 여보. 내가 모두 잘못했어. 그래. 무릎 꿇고 빌면 들어주

지 않을까. 아니야. 그것도 아니야. 강 닥터가 내 부탁을 들어줄
리 만무하고, 아내는 벌써 이년 째 오지 않았어.

■면담(상담) 일지

• 일 시: 2007년 12월 6일 AM 10:00

• 장 소: 5층 B동 면담실

• 면담자(A): 정신과 전문의 강진섭

• 환 자(B): 이시영

A: 여기 오기 하루 전날, 그러니까 사무실에 불 지른 전날, 아
   내와 크게 다투셨지요? 부인얘기로는 그날 사람이 완전히
   돌변하여 살림을 부수고 난동을 피웠다던데. 사실입니까?

B: 아내가 왔다 갔습니까?

A: 그런 건 말씀드릴 필요 없고. 사실입니까?

B: 그런 적 없습니다. 저는 결혼하고 아내와 아이밖에 모르는
   사람이었어요. 아내를 사랑했고, 지금도 사랑합니다. 그런
   몰상식한 행동을 한 적이 없어요.

A: 아내분의 얘기로는 결혼하고 난 뒤, 과음만 하면 평소와는
   다른 행동을 했다고 하던데요. 솔직히 말씀해보시죠. 술에
   많이 취하면 헛것이 보입니까? 쉽게 말해 자기 자신과 아주
   밀접한 사람이 나타난다든가 말이죠. 그 사람이 자신을 조정
   하고 통제하며 어떤 길로 이끌고 있다는 것 못 느끼셨어요?

B: 맹세코 그런 일은 없습니다. 난 미치지 않았어요. 솔직히 술
　 은 좀 먹고 다녔습니다. 한데 그런 일은 직장인들이 평소
　 하는 것 아닙니까?

A: 당신은 자신에게 좀 솔직해지는 게 치료나 여러 면에서 유
　 리합니다.

　그렇게 내내 고민을 하다, 나는 아까 낮에 박형과 만나기로 한
식당으로 향했다. 그는 먼저 와서 아까와는 달리 초조하게 담배
를 한 대 물고 있었다.

　"결심했어?"

　그도 입술이 몹시 떨리고 있었다. 나는 대답 대신 고개를 끄덕
였다. 그러면서 그의 손을 꼭 잡고 그의 눈을 똑바로 쳐다보았다.
참 맑은 눈이었다. 술만 먹지 않으면 이렇게 좋은 사람인데. 그놈
의 술 때문에 가정도, 사회생활도 엉망이 된 사람. 어린 시절 너
무 힘겹게 살던 와중에 술에 취해 어머니를 폭행하는 아버지가
미워, 그렇게 살지 않겠다고 몇 번이나 다짐했지만, 어느 순간 아
버지와 똑같이 닮아버린 그였다. 그 또한 자신이 얼마나 미웠을
까. 나 역시 어린 시절, 술에 취한 아버지 때문에 밤마다, 새벽마
다 옆집으로, 동네 뒷산으로 피해 다녔다. 이불이 날아가고, 가
재도구가 창문으로 던져질 때, 나는 어린 나이임에도 입술을 깨
물었다. ……… 복수하리라.

　그리고 우리는 한동안 말이 없었다.

결혼은 두 명이 하는 게 아냐. 네 명이 하는 게지.

　그날 밤. 그러니까 내가 사무실에 불을 지른 전날이었다. 나는 그날 야근이 있어 저녁 늦게까지 일을 하고 직원들과 간단하게 한잔을 한 후 집에 돌아왔다. 그때 갑자기 욕탕에서 나온 아내가 내게 이렇게 말하는 것이 아닌가. 난 어이가 없었다. 아닌 밤중에 홍두깨라더니. 조신한 아내가 왜 이런 말을 하는 것일까. 그런데 자세히 보니 그 말을 이어하는 것은 아내가 아니었다. 난 무슨 꿈을 꾸고 있나 싶어 눈을 비벼보았다.

　야! 넌 나와 잠자리할 자격이 없어. 넌 언제나 이런 식이지. 지금이 몇 시야. 오늘이 무슨 날인지 알고는 있는 거야? 도대체 남편이라는 작자가 생각이 없어요. 저번 주부터 오늘이 내 생일이라고 몇 번이나 말해 주었건만 선물은 고사하고 아예 기억도 못했지?

　아내의 어린 시절을 빼다 박은 것 같은 조그만 꼬마 여자 아이였다.

　넌 누군데?

　나는 별수 없이 조심스레 물었다. 꿈은 아닌 것 같았다. 그런데 아내는 나와 이 꼬마의 대화를 듣는 둥 마는 둥 화장대 앞에서 젖은 머리를 말리고 있었다.

　나? 몰라서 물어? 난 네 아내지.

　어이가 없었다. 난 이 상황을 어떻게 수습해야 하나 하고 골똘히 생각하다. 머리를 말리고 있던 아내를 불렀다. 그런데 아내는 내 목소리를 못 들은 체했다. 내가 다시 큰소리로 여보, 하고 불렀지만 아내는 태연했다. 나는 당황하기 시작했다. 왠지 목소리에 힘이 없어지고 발이 바닥에 딱 붙어 꼼짝할 수 없었다. 그때 내 안에서도 이상한 변화가 생겼다. 몸이 좌우로 움찔거리더니 내 안에서 무엇인가 쑤욱, 하고 나오는 것이다. 나는 너무 놀라 고함을 치고 싶었지만 목소리는 안에서 맴돌 뿐이었다.

야! 뭐, 생일? 지금 생일이 중요해? 나는 이 시간까지 너하고 애새끼들 먹여 살리려고 죽도록 일하고 온 사람이야. 그까짓 생일이 뭐 대수야?

그래. 이제 너 본심이 나오네. 아니 나는 돈 안 벌고 놀기만 했어? 나도 오늘 병원에서 힘들게 일하고 애들 다 씻기고, 재우고 이제 조금 쉬는 거야. 아이고. 내가 못 살아. 어쩌자고 너 같은 작자를 만나가지고.

내 참. 어이가 없네. 병원에서 번다면 도대체 얼마나 번다고 그래? 그리고 아이들 돌보는 게 원래 여자들 할 일 아니야?

뭐? 말 다했어?

내가 봐도 이런 상황은 아니다, 싶었다. 나는 얼른 내 안의 아이를 끌어안아 입을 막았다. 이상한 건 아내가 이번에는 이 아이들의 대화를 들었다는 것이다. 아내는 내 얼굴을 똑바로 보며 고개를 갸웃거렸다. 난 얼른 내가 아니라고 손사래를 쳤다.

불현듯 나는 얼마 전, 서점에서 사 온 어떤 심리학자가 쓴 『내재적 과거 아이』라는 책을 생각해내었다. 어른이 되었어도 각자 사람들에게는 자신의 어린 시절 아이가 죽지 않고 깊은 쓴 뿌리가 되어 한번씩 살아난다는 내용이었는데, 나는 그때 별 대수롭지 않게 생각한 것이다. 아아. 그런데 이게 사실이었단 말인가.

그러는 사이에 또 내 안의 아이가 내 손을 뿌리치며 아내의 아이에게 독설을 내뱉고 있었다. 아내의 아이도 못 참겠는지 맞고함을 쳤다. 그 와중에 아내의 얼굴은 점점 굳어가고 있었다. 아내의 실망한 모습을 보자 나는 끝내 폭발하고 말았다. 나는 예전 내 아버지가 한 것처럼 닥치는 대로 살림을 부수고, 옷가지들을 창밖으로 던져버렸다. 아내는 기겁을 하며 밖으로 나가버렸다.

"무슨 생각해?"

박형이 날 이상한 듯 쳐다보며 물었다.

"아무것도 아냐. 이번 주 일요일이라고? 가만 있어봐. 김 간호사하고 김지만이 근무는 아니지?"

나는 나름대로 지금까지 내게 잘 해주던 김 간호사와 김지만이가 생각났다.

"그럼. 나도 양심이 있지. 이형하고 관련 있는 사람들이 피해 보면 안 되지. 걱정 마. 그네들은 다 쉬는 날이야."

다음날부터 우리는 하나씩 하나씩 완벽하게 준비를 해갔다. 박형은 탈출할 때 직원들을 묶을 빨래 줄을 용케 구해왔고, 나는 직원 식당에 청소차 간 김에 과도를 훔쳤다. 당일 직원들의 입에 부착할 테이프는 박형이 생일자 파티에 쓴다며 사회사업가에게 몇 개 빌려 왔다. 갈아입을 사복도 미리 준비했다.

　드디어 당일 새벽이었다. 숨죽여 잠 못 드는 내게 박형이 날 깨우러 방으로 왔다. 물론 나는 깨어 있었다. 우리는 복도를 몸을 바짝 낮추어 걸었다. 이어 박형이 5병동 간호사실 문을 두드렸다. 당직이던 박 간호사가 하품을 하며 무슨 일이에요, 하고 문을 열자마자, 박형이 득달같이 달려들어 그녀의 목에 칼을 들이대었다. 나는 재빨리 그녀의 양손을 묶고, 입을 테이프로 봉해버렸다. 그새 박형은 간호사실과 연결된 면담실 소파에서 자고 있던 보호사 황을 툭 하고 발로 찼다. 그래도 그가 일어나지 않자, 이번에는 박형이 그의 뺨을 세차게 때렸다. 그제야 눈을 뜬 그는 박형과 나를 보자 눈이 휘둥그레졌다. 박형은 그의 멱살을 잡아 일으킨 후에 그대로 머리로 그의 얼굴을 받아버렸다. 어이쿠, 하는 그의 단말마적 비명이 나오자마자 나는 순식간에 테이프로 그의 입을 막고 빨래 줄로 두 손을 꽁꽁 묶어버렸다. 그런 후 우리는 그의 바지 호주머니에서 열쇠를 꺼내 문을 열고 밖으로 나갔다.

　5층, 3층, 2층, 1층 ······.

　현관문을 나서자 마자 우리는 단번에 그때 보아두었던 철조망으로 뛰었다.

　주위는 아직 어둑했다. 박형이 앞장서고 뒤이어 내가 철조망 사이로 빠져나갔다. 새벽공기가 차가웠다. 우리는 서둘러 굳게 닫힌 병원 정문을 가로질러 꿈에도 그리던 마을버스가 도착하는 간이정류소로 갔다. 이제 조금만 기다리면 시내로 가는 첫 마을

버스가 올 것이었다. 나는 매일 새벽마다 서 있던 5병동 식당의 창을 바라보았다. 내가 없으니 불은 꺼져 있었다.

"어떻게든 발견되지 않도록 가급적 멀리 튀자. 이런 생지옥에 다시 올 필요 없어."

박형이 근심스런 표정을 지으며 한마디 했다. 그 말에 갑자기 분위기가 숙연해졌다. 가정에서조차 짐이 되어버린 인생들. 스스로 제 삶을 살아갈 수 없는 병동 사람들을 두고 떠나려니 나는 마음이 몹시 무거웠다.

"이형, 마누라 만나거든 무조건 잘못했다고 빌어라. 네 성깔에 이런 데 오래 처박아 두었다고 대들지 말고. 알았지?"

박형이 내 손을 꼭 잡았다. 그의 손은 따뜻했다.

"박형이나 잘 하슈. 이 기회에 술도 좀 끊어버리고."

나는 어쩌면 이게 그와 마지막 만남이라는 생각이 들었다. 그의 눈에도, 내 눈에도 눈물이 글썽했다.

"물론이지. 내 꼭 잃어버린 세월을 꼭 만회할 거야. 이제 다시는 집에는 안 갈 거야. 대신 고향에 가서 농장 하나 할 거야. 다 생각해 두었어. 자리 잡히면 연락할게. 그때 멋지게 대포 한잔하자구."

그때 어눌한 어둠 속을 헤치며 첫 마을버스가 오고 있었다. 나는 눈물을 보이지 않으려고 잠시 고개를 들다, 내가 매일 서 있던 5병동 식당을 바라보았다. 순간 나는 내 눈을 의심하지 않을 수 없었다. 불이 켜지나 싶더니, 그곳에 한동안 보이지 않던 나의 내

재적 과거아이, 내 안의 아이가 서 있는 것이다. 그 아이는 날 똑바로 보고 있었다. 순간 불안한 정적이 흘렀고, 그 애는 내게 조용히 명령했다.

'가지마!'

'왜?'

'그건 너답지 않아. 정식으로 퇴원 수속을 밟고 가야 돼. 지금 가면 아내가 무척 실망할 거야. 아마 네 얼굴도 보지 않으려 할 걸.'

그 아이의 말에, 나는 어떤 보이지 않는 강력한 힘이 내게 작용하는 걸 느꼈다. 발이 그대로 땅에 붙어 떨어지지 않았다. 이상한 일이었다. 한 동안 보이지 않던 그 애가 왜 지금 나타나서 내 과거와 현재를 이렇게 묶어 버리는 걸까. 나는 뭐라 저항할 수가 없었다.

"뭐 해? 안 타고."

박형은 이미 버스에 올라 타 계단에서 날 재촉하고 있었다. 그러나 나는 움직일 수가 없었다. 이미 내 몸과 마음은 그 아이의 명령에 얼어붙은 것이다. 그렇게 한참을 머뭇거리고 있을 때, 마침내 버스기사의 신경질적인 목소리가 들렸다.

"아! 탈 거요, 안 탈 거요?"

별수 없이 나는 박형 더러 먼저 가라며 손사래를 쳤다. 그는 어이가 없는지 그저 내 얼굴만 빤히 보며 왜 그래, 만 남발했다.

그러는 사이 버스 문은 닫혔고 버스는 시끄러운 굉음을 내며 멀리 동이 트는 곳으로 달려가고 있었다. 하지만 난 그 자리에 꼼짝없이 서서 창가의 그 애만 바라보고 있었다.

2008년 경남일보 신춘문예 당선작

어리석은 사람

밤하늘에 빛나는 별이 새벽녘에 아스라이 사라지듯, 어두운 기억들은 자연의 섭리에 따라 물 흐르듯 시간이 흘러야 없어진다. 물론 그 다음날 저녁이 되면 별이 다시 떠오르는 것 같이 고통스러운 과거가 완전히 사라지는 것은 아니다. 어떤 상황이 되면 그런 기억은 자신도 모르게 표면으로 나타난다.

세상을 살아가는 데에 있어 지혜로움이 무엇일까. 시류에 따라 현실적 이익에 부합되는 처신을 잘하는 데에 있지 않은가. 그렇다면 현실을 도외시한 채 관념적인 사상, 이를테면 정의, 공공의 선에 따라 자신을 내던진다는 것은 과연 세상 사람들이 말하는 어리석음일까.

준서는 그런 생각을 하면서 퇴근 후 자신의 방에 컴퓨터를 켜 둔 채 오늘 오후 늦게 접수된 진정서를 보고 있었다. 사무실에서 검토를 할 수도 있었지만 오늘따라 그의 몸은 정상이 아니었다.

며칠 동안 해결해야 할 일이 많기도 했지만 사흘 전부터 몸이 오싹하게 춥고 간간이 기침이 나더니 드디어 오늘은 기진맥진하여 아무 일도 못 할 만큼 감기몸살이 심했던 것이다. 집에 들어와서 감기약을 먹고 잠시 쉰 것이 그나마 다행이었다. 으스스하던 몸도 제법 따뜻해지고 기침도 많이 멎었다. 시계를 보니 밤 10시가 다 되어가고 있었다. 그는 부엌으로 가서 따뜻한 보리차를 한 잔 데워 먹고 책상에 다시 앉았다.

진정서 첫머리에 존경하는 국가인권위원장님께, 라는 글씨가 있었는데 컴퓨터 작업을 한 것이 아니라 손수 볼펜으로 꾹꾹 눌러 쓴 것이었다. 게다가 첫머리만 제법 그럴싸하게 정자로 썼지 밑으로 내려갈수록 비뚤비뚤 쓴 글씨에 맞춤법도 제대로 갖추지 못한 편지였다. 국가인권위원회 홈페이지에 들어가면 제대로 된 양식이 있건만 이 진정서를 쓴 사람은 인터넷 사용이 불가한 자로 생각되었다.

'군에서 억울하게 죽은 내 아들의 시신만이라도 돌려주시오. 내 아들은 자살이 아니오. 타살입니다……'

이렇게 시작된 편지는 무려 다섯 장이나 되었다. 그런데 편지를 쓴 사람은 놀랍게도 죽은 이의 부모가 아니라 그의 할아버지였다. 첫 장에 내 아들이라 썼지만, 말미에 분명히 내 손자의 억울함을 돌아보아 내 아들의 한을 풀어 달라고 씌어 있었다. 군의문사였다. 이상한 건 군의문사 건은 몇 해 전에 군의문사진상규명위원회가 발족하면서 대다수가 처리된 것으로 아는데 뒤늦게 이런 진정서가 올라 온 것이다. 게다가 사건 발생년도가 너무 오래되었다. 무엇보다 진정을 한 사람이 노인이다 보니 정확한 내용과 연도 등 모든 것이 부실하여 과연 사실일까 하는 의구심이 들었다.

준서는 퇴근 전에 팀장이 이 진정서를 건넬 때의 상황을 떠올렸다. 팀장은 설핏 웃으면서 자네, 군 전문이잖아. 해결해도 되고 안 돼도 좋으니 한번 읽어 봐, 하며 서류를 던져놓고는 먼저 자리를 떴다. 민원실에서 접수된 서류이니 팀장으로서는 누구에게라도 맡겨 일단은 형식적으로나마 결재가 되어야 할 것으로 판단이 선 모양이었다. 장난일까, 하고 그는 생각했다. 그러나 나이 드신 분이 뭘 하러 이런 일 가지고 장난을 할까 싶었다. 게다가 필체는 엉망이지만 무려 다섯 장이나 되는 분량의 편지였다. 그는 다시 한번 편지를 꼼꼼히 읽어 보았다. 그러자 이 편지 내용은 진실일 가능성이 높다는 생각이 퍼뜩 들었다.

편지를 다 읽은 준서는 기억하고 싶지 않은 그의 군 생활을 떠올렸다. 충성, 명예, 고발, 고소, 죽음, 고통, 배신 등······. 창밖에는 비가 내리려는지 밤하늘에 별이 보이질 않았다.

다음 날 출근길에 비가 내렸다. 준서는 자동차 와이퍼를 작동시켜 사무실로 향했다. 어젯밤 잠을 설쳤는지 아직 몸이 춥고 기침이 나왔다. 거리의 행인들은 너나없이 창이 큰 우산을 받쳐 들고 종종걸음을 치고 있었다. 춥고 을씨년스러운 날씨였다. 사무실에는 아무도 출근하지 않았다. 그는 벽면에 있는 난방기의 스위치를 켰다. 실내온도가 겨우 영상을 넘고 있었다.

이어서 그는 컴퓨터를 켜고 인터넷으로 어젯밤 진정서에 쓰인 사건을 검색했다. 몇 차례의 검색 끝에 관련사항이 나와 있는 신문기사를 발견했다. 작년 기사였는데 국내 유수의 N일보였다. 제목은 '14년째 차디찬 영안실에 누워있는 현역 이병'이었다.

> 휴가를 마치고 귀대한 지 하루 뒤 고향에서 숨진 채 발견된 현역 사병이 14년 째 병원 영안실에 누워 있다. 사망원인 규명과 처우 등을 둘러싸고 유족과 군 당국이 법정 다툼을 벌이면서 장례절차도 밟지 못하고 있기 때문이다. 가족들은 시신 인수를 거부하고 군 당국도 해결의 의지를 보이지 않아 이 사병이 얼마나 더 냉기로 가득 찬 이곳에 누워 있어야 할지 아무도 알 수 없다…….

기사 첫머리만 봐도 심각한 사태임을 그는 한눈에 알아봤다. 어젯밤 읽은 그분의 편지가 오버랩 되면서 그는 일순 긴장하여 상세기사를 읽어갔다. 그럴수록 그의 안색은 더욱 어두워졌다.

그때 팀장과 과원 여럿이 들어오면서 그는 기사읽기를 잠시 멈추었다. 그를 제외한 팀장 및 몇몇 과원은 카풀을 하기 때문에 그들은 늘 함께 출근을 했다. 팀장이 윗옷을 벗으며 커피 타임을 가지자고 했다. 이는 중요한 회의가 있다는 말이었다. 사무실 막내 김이 한쪽에 비치된 커피를 준비하고 사람들은 팀장 앞에 있는 원탁에 모여들었다. 커피향이 오늘따라 진하게 배어났다.

"준서 씨는 오늘 컨디션 괜찮아요?"

팀장이 별로 걱정스럽지 않은 말투로 그에게 물었다.

"견딜 만합니다."

"그래? 다행이군. 그럼 말이야. 오늘 회의 끝나자마자 저번 달에 접수된 A공장 노조원 인권 관련해서 그 노조원을 접견하고 와요. 사실인지 거짓인지 알아야 우리가 해결할 것 아니오."

팀장의 말에 그는 약간 당황했다.

"그 노조원은 제가 저번 주에 만나고 와서 팀장님께 일차 보고를 드린 사항 아닙니까?"

그러자 팀장은 다소 과장되게 몸짓을 크게 하며 그에게 말했다.

"알아요. 그러니까 한 번 더 갔다 오라는 거요. 보고서를 읽어봤는데 그 정도로는 윗선에 결재도 못 해. 도대체 그자가 요구하는 게 정치적인 거야 아니면 그 회사간부들의 폭언 등, 인격모독을 금지시켜달라는 거야? 명확하지가 않잖아."

"둘 다입니다. 그러니까……."

그쯤에서 팀장은 뭐요, 하며 그의 말을 잘랐다. 그는 사태가 이쯤 되자 팀장의 지시를 따르기로 하고 어젯밤 보았던 편지에 대해 말을 꺼냈다.

"알겠습니다. 근데, 팀장님. 어제 제게 건네 준 진정서 말입니다. 군의문사 관련해서……."

"아! 그 할아버지가 쓴 편지인가 뭔가, 그것 말이요?"

"네. 아무래도 A공장을 다녀와서 그 건에 대해서도 조사를 해 봐야 되지 않겠습니까?"

"무슨 소리요? 우리가 장난일지도 모르는 그런 것까지 다루어 야 할 시간이 있어? 난 그저 당신이 한번 읽어보고 대충 판단하 라고 준 것뿐이요. 신경 쓰지 마."

팀장은 그의 말에 난색을 표했다. 그런 팀장의 말에 그는 한편 으로 이해는 되었다. 최근 들어 시국이 불안하고 국민들의 인권 의식이 지나치게 높아져 업무의 강도는 점점 높아가는 실정이었 다. 그럼에도 그는 팀장의 말처럼 이 건 만큼은 그대로 넘어갈 수 가 없었다.

"그렇지만 그 편지는 엄연한 사실입니다. 작년 신문기사를 검 색한 결과 그 건은 실제로 일어난 사건입니다. 편지를 쓴 그분의 말도 진실이구요."

"보류해!"

팀장은 책상을 탁, 하고 쳤다.

현역 사병인 K이병은 0000년 9월 부모가 살고 있는 경북 G 시 S아파트 화단에서 숨진 채로 발견되었다. 석 달 전인 98년 6월 군에 입대, 훈련소를 수료하고 J시에 있는 자대에 배치된 뒤 첫 휴가를 나왔다가 귀대한 다음 날 아침이다. 군 헌병대의 행적조사 결과 그는 휴가 마지막 날인 9월 27일 오후 3시 6분 무궁화호 열차를 타고 G역을 출발, 오후 5시 32분 M시 역에서 내린 뒤 J시에서 이모 씨 등 부대 동료들을 만났던 것으로 확인되었다. 헌병대는 K이병의 사안을 밝히기 위해 부검 및 정밀조사를 벌였지만 별다른 타살 혐의점을 찾지 못해 투신자살로 결론을 내렸다. 연이은 부친의 사업부진과 가정사 비관으로 자살했다는 내용이다.

그러나 K이병의 부모는 군의 조사를 신뢰할 수 없었다. 입대 백일 만에 첫 휴가를 나온 아들이 자진해서 열차 편으로 귀대한 정황이 뚜렷했던 것이다. 더욱이 투신자살일 경우 심한 출혈과 골절이 있어야 하지만 시신이 깨끗하고 입고 있던 청바지도 K이병의 옷이 아니었다. 그로부터 K이병의 부모는 '타살' 의혹을 제기하며 시신 인수를 거부, 14년이 흐른 지금까지 K이병은 경북의 모 병원 영안실의 차가운 시신보관함 속에 잠들어 있다…….

비가 거세게 내려 승용차 대신 지하철로 A공장으로 가던 그는 모골이 송연해졌다. 아까 사무실에 나올 때 이 사건의 기사를 출력해서 마저 읽던 중이었다. 그는 기억을 더듬었다.

"0000년 9월이라……."

일이 묘하게 꼬였다. 분명 그때 그는 그곳 현장에 있었다. 그의 등에는 식은땀이 배어났다. 그 당시 그는 초임장교로서 K이병이 있던 군병원 영안실 옆 사무실에 근무를 하고 있었다.

갑자기 지하철이 옥외에서 지하로 내려가고 있었다. 덜컹거리는 소리가 심하게 들리면서 모든 압력이 그의 몸으로 옥죄어 오는 것 같았다. 출근 시간이 훨씬 지나면서 승객들이 줄어 지하철 안은 한산하다 못해 스산했다.

기억이 선명했다.

그래, 그날 그는 본관 통합 당직사관이었다. 오후 즈음 그가 당직실에서 근무를 서고 있을 때 당직사령으로부터 긴급 지시를 받았다. 본관에 있는 사무실마다 2~3명씩 차출을 하여 일과 후부터 다음 날 아침까지 군병원 영안실 순찰을 강화하라는 지시였다. 당직사령은 정확한 사유는 설명하지 않았다. 그는 당직실에 있던 병사를 시켜 방송을 했다. 일과 후에 그는 각 사무실에서 차출된 초급장교, 하사관, 군무원 그리고 병사들을 인솔하여 병원 쪽으로 향했다. 병원 영안실에 도착을 하니 빨간 완장을 찬 주임원사가 대충의 상황을 설명해주었다. 자기네 부대 소속 병사가 자살을 했는데 정문 밖에 있는 유족들이 타살이라며 시신을 빼돌릴 수 있다는 이야기였다. 그때 그는 매우 의아했다. 명색이 이곳이 군 부대인데 민간인들이 어떻게 철통 같은 요새에 들어올 수가 있을까 했다. 정문 쪽에 풀어놓은 헌병대요원들만으로도 충분할 것이었다. 그러나 그때 그는 초임장교로서 과중한 업무와 이삼일에 돌아오는 당직근무로 늘 피곤한 상태였다. 그저 그렇구나 생각하고 하루만 이곳에서 버티자는 생각으로 그는 근무에 임했다.

영안실로 들어가는 입구에 그는 총을 휴대한 헌병 두 명과 함께 서 있었다. 나머지 차출된 인원들은 각자 조를 짜서 병원 주위를 순찰하게 했다. 갑작스레 차출된 하사관과 군무원들의 입에서 불평이 쏟아져 나왔다. 그 역시 상부에서 시킨 일이라 그들에게 한편 미안한 감은 있지만 그렇다고 크게 신경은 쓰지 않았다.

밤이 이슥해지자 해당 부대 지휘관과 헌병대, 보안대 요원들의 출입이 잦았다. 사태가 심상찮게 벌어지는 모양이었다. 정문 밖에 있던 유족 중 군대를 다녀 온 젊은 친척 몇이 산을 넘어 병원으로 오고 있다는 첩보도 전해졌다. 소속 부대의 젊은 하사관과 병사들의 이야기도 두런두런 들려왔다. 그러다 그가 다가서면 그들은 뚝, 말을 끊고 다른 곳으로 피했다. 무엇인가 선명하고 투명한 분위기는 아닌 것 같았다. 그러나 그건 남의 부대 사정이고 그는 단지 근무파견을 나온 초급장교에 불과했다. 그때가 제법 무더위가 물러가던 0000년 9월경이었다.

"다음 역은 이 역의 종착역인 OO역입니다."

지하철 안내방송이 나와서야 그는 회상에서 막 깨어났다. 이마를 만져보니 땀이 배어 있었다. 그는 두툼한 서류가방을 챙겨 A공장으로 발걸음을 옮겼다. 밖은 여전히 을씨년스럽고 추웠다.

A공장에 있는 노조원을 접견하고 사무실로 돌아오니 팀장은 외근 중이었다. 옆자리에 있던 사람 좋은 박이 커피를 들고 와서

그를 반겼다. 박은 그가 군 영관장교를 거쳐 특채로 선발되어 이곳으로 왔을 때 누구보다도 따뜻하게 맞아 준 동료였다. 박은 그와 있을 때면 늘 자신이 군 생활을 할 때 군 내의 부조리와 추억을 이야기하곤 했다. 박은 육군 사병으로 강원도 인제에서 근무를 했다고 했다. 박은 몇 년 전에 군복을 입은 채 모 방송국 시사 프로그램에 나왔던 그가 너무 멋졌다고 술자리에서 매번 말하곤 했다.

"어떻게…… 조사해볼 거야?"

박이 뜬금없이 물었다.

"뭘?"

"자네가 아까 컴퓨터를 켜두고 갔잖아. 나도 다 읽어봤어. 그건, 내 경험상 명백한 타살이야."

"군 헌병대에서 다 조사했다 하잖아. 결론은 자살이라고 나왔어. 그리고 이건 팀장 승낙 없이는 불가능해."

그는 에둘러 말했다.

"뭐야? 시시하게. 군대에서 잔뼈가 굵은 자네가 그렇게 말하면 어떡해? 사병으로 나온 나도 이건 알아. 아무리 군대가 좋아져도 구타는 암암리에 있다고. 그래서 사고가 생기는 거고. 현재 우리나라에서 군 의문사 논란으로 십 년 이상 보관 중인 현역사병들의 시신이 전국적으로 20여 구나 있어. 그치들은 차치하더라도 그들의 부모를 생각해봐. 아들을 국가의 의무로 군에 보냈는데 군에서 자살인지, 타살인지 명확하게 판명이 안 된 상태로 영안실에 있다는 게 얼마나 속이 터지겠어? 자네가 꼭 이 건을 맡아야 돼. 팀장님은 잘 설득하면 될 거야."

박은 필요 이상으로 흥분하고 있었다. 사병으로 있을 때 고참 병사와 간부로부터 받은 비인격적 대우와 욕설, 구타 등을 아직도 잊지 못하고 있는 그였다.

"글쎄, 맡는다면 그 장소, 그때 내가 근무했던 그곳으로 가야 될 터인데……. 아직은 자신이 없어. 용기도 안 나고."

"야! 방송까지 나온 사람이 웬 엄살? 인간 김준서가 그것밖에 안 돼? 용기를 내어 봐. 잘 될 거야."

너스레를 떠는 박을 보니 그는 웃음이 나왔다.

퇴근시간이 훨씬 지났음에도 팀장은 오지 않았다. 준서는 A공장 건에 대한 2차 보고서를 팀장 책상 위에 두고 사무실을 나왔다. 거리에 비는 그쳤으나 날씨는 더욱 쌀쌀해졌다. 그는 저녁을 먹을 요량으로 직장 근처 매운 순대국밥 집에 가서 국밥 한 그릇과 소주를 한 병 시켰다. 아까 박이 했던 말이 계속 맴돌았다.

'야! 방송까지 나온 사람이 웬 엄살? 인간 김준서가 그것밖에 안 돼? 용기를 내어 봐. 잘 될 거야.'

그는 소주를 한 병 더 시켰다. 오랜만에 마셔서인지 취기가 금방 오르면서 그는 문득 아내가 생각났다. 아내라면 어떻게 할까, 궁금했다. 그는 휴대전화를 걸었다. 마침 아내는 집에 있었다. 그는 조심스럽게 그 편지이야기를 꺼내면서 어떻게 하는 게 좋을 것인가를 물었다.

"당신 양심이 이끄는 대로 하세요. 하지만 두 번 다시 당신이 그런 일로 마음의 상처를 받는 것은 좀 그래요."

이번에는 그의 아내도 무척 신중했다. 그와 두 살 터울인 아내는 대학 때 학보사 기자로 있었다. 나름대로 정의감과 공공선에 대한 이해가 남다른 편이었다. 그랬던 아내도 그 사건 때 그 못지않게 가슴에 피멍이 들었다. 그도 그의 아내도 양심 때문에 그 큰일을 처렀는데 다시 이런 일을 맡는다는 게 아내로서도 약간은 불안한 모양이었다. 그는 아내의 그 말에 가슴이 저려왔다. 그는 소주 한 병을 더 시켰다. 그러자 술이 오르면서 그는 옛 기억 속으로 자연스럽게 빨려 들어갔다.

그는 운이 좋은 편이었다. 동기생들보다 소령 진급도 빨랐고 타고난 성실성과 탁월한 업무능력으로 선후배 간에 평판도 좋은 편이었다. 게다가 생도 시절부터 운동을 좋아하여 축구를 즐겼는데, 그 때문에 하사관들과 사병들에게도 인기가 꽤 있었다. 그는 사관학교를 나온 장교로서 누구나 그렇듯 열심히 군 생활을 하고 있었다.

사건이 벌어진 것은 그러니까 그가 중령 심사를 얼마 앞둔 어느 가을, 본부를 지원하는 한 부대에 발령을 받고 나서 얼마 지난 후였다. 여기서 그는 군 생활, 일생일대의 중요한 고비를 맞았다.

그는 업무파악을 위해 전임자가 남겨놓은 컴퓨터의 자료를 검색하다가 군에서 사용하는 관급 보급품을 계약, 수주하는 업체가 수년 동안이나 동일한 업체임을 알게 되었다. 원래 일정금액

이상의 관급품을 수주할 때는 두 개 이상의 업체를 선정하여 낮은 단가를 선택하는 게 일반적이었으나, 서류 상 공개입찰일뿐 다른 업체가 입찰한 흔적은 아무 데도 없었다. 게다가 납품 대금도 인터넷, 그리고 발품으로 알아본 결과 타 업체에 비해 월등하게 높은 금액이었다. 부정을 직감한 그는 몇 달 동안 자체조사를 하다가 확신이 선 후, 위의 상관에게 보고를 했다. 그 상관은 그가 평소에 존경하는 사관학교 선배였다. 그러나 그 상관은 예상외로 이런 건 관례이니 조용히 넘어가라고 했다. 그러나 이 일은 그의 양심이 걸린 문제였다. 당연히 그는 그렇게 할 수가 없어 이번에는 그 부서의 책임자를 찾아가 해당 업체 부정과 거기에 관련된 직원들의 비리를 보고했으나 그 책임자 역시 관례를 내세우며 그를 힐책했다.

그는 양심과 관례라는 두 명제 앞에 괴로워하다가 결국 양심을 택했다. 그는 자진하여 헌병대에 출석해 근거자료를 내며 이 사건의 비리를 처벌해달라고 했다. 과연 관할 헌병대에서 암암리에 수사한 결과, 이 비리에 관련되어 있는 군내의 간부들이 수십 명으로 드러났다. 그러나 의외로 헌병대에서는 이 사건이 일파만파 커질 것을 염려하여 '혐의 없음'의 처분을 내 놓았다. 그러자 그는 '군의 사기'를 떨어뜨린 혐의로 그 부서에서 쫓겨나 한직으로 밀려났다. 그는 안 되겠다 싶어 상위기관인 국방부 감찰에도 신고했으나 결과는 마찬가지였다.

결국 이 사건 이후로 그는 외톨이가 되었다. 한직에서 그는 동기생 및 선후배들과 술자리에서 자신의 처지를 한탄했다. 누군가는 그를 동정을 했고 누군가는 그따위 일로 선후배들을 곤경에 빠뜨렸다고 혐오했다. 식당에 가면 아무도 그의 주위에 오지 않았다. 그는 아내에게 부탁을 하여 매일 도시락을 가져가 사무실에서 혼자 먹었다. 평소와는 다르게 날마다 수척해진 그의 모습에 의아해하던 그의 아내는 마침내 이 사실을 알게 되었다. 그 못지않게 강직한 그의 아내는 군에서 나와도 좋으니 진실을 밝히라고 용기를 주었다.

마침내 0000년 늦가을에 그는 군복을 입은 채 모 방송국의 시사프로그램에 출연했다. 현역 군인이 군복을 입은 채 군 내의 부조리에 대해 고발하는 것은 처음 있는 일이었다. 해당 방송국에서는 방송 일주일 전부터 대대적으로 광고를 했다. 과연 방송에서 그는 당당했다. 조리 있게 자신의 정당함과 군과 업체와의 부당한 거래를 폭로했다. TV를 본 군 당국은 당황하기 시작했고 시민단체와 일부 시민들 그리고 군내에서 그를 격려하고 두둔하기 시작했다. 그러나 그해 겨울 국정감사 때 해당 군의 참모총장은 사건의 진상을 요구하던 국회의원을 앞에 두고 그를 '소영웅주의' 라고 매도했다. TV를 보던 일부 시민들과 군 내부에서는 총장의 말을 믿지 않았다. 다행히 국방위 소속 국회의원들이 해당 건에 대해 재감사를 요구, 결국 총장은 손을 들었다. 후에 그 총장은 퇴임 후에 재임 중 있었던 부정부패혐의로 검찰에 고발되었다. 결국 감사원 감사 후에 비로소 진실은 밝혀졌고 그는 군복을 벗고 '국가인권위원회'에 특채되었다.

순대국밥 집에서 집으로 돌아온 그는 샤워를 한 후 침대에 누웠다. 소주를 먹기는 했으나 목욕을 하니 금방 깨는 것 같았다. 그는 내친김에 냉장고에 있던 찬 맥주를 꺼내 마시면서 신문기사를 읽어나갔다.

K이병의 부모가 국방부를 상대로 10여 년 가까이 힘겨운 싸움을 하는 사이에 한 줄기 빛이 생겼다. 0000년 11월에 K이병의 사인에 대한 조사에 나선 군의문사진상규명위원회가 석연치 않은 점을 발견한 것이다. K이병의 부대 현문일지 내용 중 '이○○ 외 5명 휴가 후 귀대함'이란 당초 기록 중 '5'가 '4'로 수정된 사실이 드러났다. K이병의 부대 복귀 개연성을 보여주는 대목이다. 더욱 이 군의문사진상규명위원회는 부대원에 대한 조사를 통해 'K이병의 자살은 가혹행위와 무관치 않다. 비록 자살이라도 가혹행위 등 불가피한 사유가 있었다면 순직으로 볼 수 있다'는 결론을 내렸다.

사실 휴가 말미에 귀대하기 위해 부대로 향했던 K이병이 어떻게 고향 집에서 숨진 채 발견됐는지는 지금도 여전히 미스터리다. 유족들은 군의문사진상규명위의 결론을 토대로 '부대에서 타살 후 누군가 시신을 옮긴 것'이라는 주장을 펴고 있다.

이후 유족들은 각계에 진정서를 제출하고 K이병의 국가유공자 지정과 국립묘지 안치를 요구하는 싸움을 벌여왔다. 하지만 국방부와 국가보훈처는 '자살' 등을 이유로 이를 받아들이지 않았다. 결국 유족들은 지난해 6월 D지법에 국방부를 상대로 국가유공자 지정행정소송을 제기, 법정공방을 벌이게 되었다.

여기까지 읽자 그는 이 소송에서 유족 측의 힘든 싸움을 직감하였다. 대한민국에서 가장 강력하고 폐쇄적인 조직의 심장부인 국방부와의 싸움은 신(神)이 임재하지 않은 다윗과 골리앗의 싸움이었다. 각종 기관에 탄원을 한다 하더라고 그건 해당 부처 소관이 아닐뿐더러 국방부에 압력을 행사하기도 곤란한 문제였다. 대통령이라면 모를까. 어지간한 권력으로서도 그건 무리였다. 멀리 볼 것도 없이 십수 년 전에 발생했던 강원도 GP의 김훈 중위 사건을 떠올려 보면 될 것이었다. 그의 부친은 예비역 장성이었다. 언론도 아주 호의적으로 보도를 했다. 그러나 끝내 그 사건은 자살인지 타살인지 밝혀지지 않고 미해결 되었다.

그 역시 그 당시에 군 헌병대를 비롯하여 국방부 감사관실에까지 가서 고발을 했다. 아무런 이해타산은 없었다. 오로지 진실이 밝혀지고 두 번 다시 군과 관련된 업체와의 불미스런 유착관계가 끊기길 바랄 뿐이었다. 군 간부 특히 장교로서 국가와 민족에 대한 충성심과 명예 외에 부당한 부가 가당찮은 일인가. 그러나 끝내 그가 방송에 나오기까지 그들은 애써 진실을 외면했다. 그 동안 그는 죽음을 생각할 만큼 외롭고 괴로웠다. 결국 제 살을 깎는 고통을 겪었다. 그를 바라보는 대다수의 선배, 동료, 후배장

교들의 따가운 시선쯤이야 그런대로 견딜 만했다. 그러나 끝내 모든 사실을 알고 있는 그와 절친한 사람들까지 그를 외면했을 때 그는 죽음을 생각했다.

다행히 방송 이후에 시민단체 관련자를 비롯하여 양심적인 시민들의 성원 덕분으로 진실이 어느 정도 밝혀지고 그의 명예도 되찾았다. 하지만 그 사건과 관련된 자들은 몇 몇을 제외하고는 합당한 처벌마저 받지 않았다. 마치 80년대 모든 사람들이 뻔히 알고 있는 '광주사태' 때 발포책임자를 처벌하지 못한 것처럼.

이제 어떻게 해야 하나, 하고 그는 깊은 한숨을 내쉬었다. 솔직히 이제는 군과 관련된 일을 하는 것이 두려웠다. 군복을 벗은 후 그는 애써 그쪽 사람들을 만나지 않았다. 아무리 자신이 당당했고 명예로웠다지만 사람들에게 받은 상처는 그의 마음 안에서 썩어 문드러졌다. 퇴근 후 길을 걷다가 군복 입은 사람들을 보면 그는 뜨끔했다. 아직도 꿈에서 그를 질타하는 군복 입은 사람들이 있었다.

이튿날 출근을 해보니 팀장의 얼굴이 한층 밝아있었다. 어제 A공장에 다녀온 후 재작성한 보고서를 본 모양이었다. 팀장은 그가 문제를 축소시켜 일이 커지지 않게 한 걸 다행으로 여겼다.

사무실에서 이럭저럭 오전 업무를 끝내고 점심을 먹으로 밖으로 나갈 때였다. 옆자리의 박이 전화를 받더니 담당자를 바꿔드리겠습니다, 하고 급히 전화를 돌려주었다. 그는 눈짓으로 누구?

라고 하자 박은 소리 내지 않고 '편지'라고 입을 모았다.

"편지?"

"그래, 빨리 받아 봐!"

"네. 전화 바꿨습니다. 아! 네, 제가 김준서입니다만."

발신자는 편지의 주인공인 할아버지였다.

"수고가 많소. 그래, 내 진정서는 읽어 보았소? 나, 경북 G시에 사는 김 아무개요. 손자 녀석 때문에 편지를 쓴……."

그는 적잖이 당황했다. 설마 이렇게 전화로 확인을 하리라고는 상상을 못했다. 그는 그저 아, 네를 반복하며 땀을 흘렸다.

"그럼, 부탁하오. 내 마지막 소원이요. 손자보다는 내 아들이 더 걱정이오. 제발 높은데 계신 선생님이 나서준다면 정말 고맙겠소."

전화를 끊고 나니 그의 어깨에 힘이 쭉 빠졌다.

"누구요?"

점심을 먹으러 가던 팀장이 그에게 물었다.

"아! 아닙니다. 아는 사람이 전화 와서."

"근데, 이 사람아 뭘 그리 당황하고 그러나? 나가서 밥이나 먹지."

그날, 점심도 거른 채 그는 자신의 책상에 앉아 있다 오후 1시가 되자 국방부에 근무 중인 동기생에게 전화를 걸었다. 두 번 다시 그쪽 사람들과 말을 섞지 않겠다고 맹세를 했으나 이번은 할 수 없었다. 그는 우선 이 건에 대한 국방부의 진행상황을 정확히 알고 싶었다. 동기생은 자기 소관은 아니지만 아는 사람에게 알아보고 전화를 주겠다고 했다. 그제야 그는 윗옷을 걸치고 팀장에게 몸이 아파 조퇴를 하겠다고 말한 후에 밖으로 나왔다.

오랜만에 먹어보는 낮술이었다. 후덕한 인상의 주인아주머니는 양복 입은 사람이 낮부터 술을 찾는 게 이상한지 몇 번이나 그를 쳐다보았다. 그는 편지를 쓴 할아버지의 속뜻을 알아차렸다. 손자로 인해 자신의 아들이 고통을 당하는 게 너무 괴로운 부정이었다. 그도 마찬가지였다. 그때가 아마 방송 출연 전이었다. 고향 집에 내려가 아버지에게 자신의 거사와 거취에 대해 말했을 때 당신은 아무 말씀도 안 하셨다. 그저 몸 건강히 살아라, 는 말씀 한마디뿐이었다. 시골에서 고등학교를 졸업하고 사관학교에 합격했을 때 그의 아버지는 얼마나 좋으셨는지 마을 사람들을 불러 크게 잔치를 베풀었다. 그는 울컥, 하고 울음을 삼켰다. 그때 국방부에 근무하던 동기생에게서 전화가 왔다.

"준서야. 우리 쪽에서도 작년 언론에 보도된 것 때문에 많이 신경 쓰고 있어. 시신 인수 관련 민원에 따라 적극 검토하고 있다하네. 근데 병원 영안실 사용료가 엄청 많아서 병원 측과 협상을 하려는데 그게 잘 안 되나봐."

"그게 얼마인데?"

"글쎄, 시신 보관료가 하루 5만 원이니까 현재까지 대략 2억 원쯤 되는 모양이야."

"그렇다면?"

"우리 쪽에서는 대폭 삭감을 해주면 용의가 있다는 거지. 물론 유족 측과도 대화를 해야겠지만. 어쨌든 어려운 모양이야."

"국가유공자 지정 행정소송은 어떻게 되었는데?"

"아직 진행 중이라 들었어."

역시 동기생이었다. 자신의 소관도 아닌 업무 때문에 타부서에 찾아간 모양이었다. 그는 고맙다고 진심으로 말을 하고는 전화를 끊었다.

그는 시골에 있는 아내에게 전화를 걸었다. 그간의 형편을 다시 이야기하자 아내는 잠시 고민하다, 소신 있게 대처하세요, 했다. 역시 그의 아내였다.

그는 내일 팀장에게 정식으로 보고한 후 그 할아버지가 있는 경북 G시로 가기로 마음을 먹었다. 그리하여 그가 한때 몸담았던 그곳에서, 두 번 다시 자살이니 타살이니 명확한 구분이 안 되는 군의문사 해결을 위해 첫 발걸음을 띄기로 작정했다. 문득 그는 생도시절에 읽었던 논어의 한 구절이 생각이 났다.

지혜로운 사람은 자기를 세상에 잘 맞추고, 어리석은 사람은 어리석게도 세상을 자기에 맞춘다. 그러나 어리석은 사람이 세상을 조금씩 변화시킨다.

오늘도 밤하늘에 세상을 환하게 비추는 별들은 어김없이 떠오를 것이었다.

땅끝으로 가는 길

분당에서 택시를 이용해 양화진으로 가는 길은 제법 멀었다. 그나마 다행인 것은 도로에 차들이 거의 없다는 것이었다. 휴가철이라 그런지 아니면 너무 더워 사람들이 에어컨이 있는 건물 안에서 나오지 않아서인지, 도로주변도 무척 한산한 편이었다. 은영은 핸드백에서 가만히 거울을 꺼내 머리를 매만졌다. 긴장한 탓인지 이마에 땀방울이 송골송골 맺혔다. 운전을 하면서 얼핏 뒤를 돌아보던 기사는 걱정이 되는지 몇 번이나 손님, 괜찮아요? 하고 물었다. 머리의 반 이상이 은색으로 빛나는 기사는 육십이 훨씬 넘은 듯 보였으나 목소리는 밝고 경쾌했다.

　"네. 조금 피곤해서 그렇지 괜찮아요."

　"그럼 다행입니다. 택시 탈 때부터 손님 얼굴이 너무 어두워서 어디 아픈 데가 있나 하고 걱정했어요. 그래, 양화진에 가신다하니 교회에 다니시나 보죠? 저도 얼마 전에 기적적으로 예수를 믿고 지금 여의도 J교회에 출석하고 있는데, 아! 얼마나 좋은지 왜 진작 안 믿었나 싶어요."

그러면서 기사는 묻지도 않은 자신의 과거와 교회에 나간 동기를 세세히 설명을 했다. 은영은 새 신자가 처음 은혜를 받으면 누구나 그런 걸 알면서도 이 사람은 조금 심하다 싶었다. 그렇다고 딱히 말을 가로막을 합당한 이유가 없었으므로 그녀는 그냥 건성으로 듣고 있었다. 기사는 신이 났는지 연방 그의 얘기를 마치 펌프에서 물을 쏟아내듯 뱉어냈다. 그럴 즈음 택시는 신촌을 거쳐 합정동 로터리를 지나 양화대교 아래에서 유턴을 하고 있었다. 느낌에 목적지에 거의 다 온 것 같았다. 잠시 후 택시는 묘원 정문 앞에 도착했고 경쾌한 기사는 샬롬!, 을 외치며 유유히 그곳을 빠져나갔다. 날씨가 너무 무더웠다. 태양은 활짝 웃으며 온 대지를 내리쬐고 있었고 구름은 모두 달아난 듯했다. 목덜미와 등은 이내 땀으로 뒤죽박죽되었다. 그럼에도 은영은 더운 기색 없이 근처 꽃집에서 장미꽃 한 다발을 샀다. 꽃향기를 맡는 순간 머리가 어질했지만 평정을 찾은 그녀는 얇은 하늘색 양산을 펼쳤다. 더위는 조금 가신 듯했다.

고등학교 시절 다니던 교회의 P전도사에 의해 이곳을 알게 된지 거의 십 년 만이었다. 당시 그녀는 미국 의사이자 선교사인 헤론에게 매료되었다. 자신의 나라에서 얼마든지 자유롭게 신앙생활을 하며 의사로서 부유하게 살 수 있었음에도 미지의 땅인 조선에 와서 전염병에 걸린 백성들을 돌보다, 자신마저 이질에 걸려 이곳에 묻힌 그였다. 그때 그녀는 그가 이해가 되지 않았다. 하나님의 섭리가 무엇인지, 무엇이 그로 하여금 이 낯선 땅에서 선교하고 죽어야만 했는지 도무지 알 수가 없었다. 그러다 그녀 역시 어느 정도 신앙이 성숙되자 문득 그처럼 살고 싶어졌다. 그래서 그동안 몇 번이나 이곳에 오려고 마음을 먹었지만 어찌 된 영문인지 도통 짬이 안 나지 않았다.

입구에 들어서자마자 은영은 크게 심호흡을 한 번 했다. 날씨와는 달리 이곳의 공기는 무거웠다. 아니 어쩌면 그녀의 마음이 몹시 무거워 그렇게 느끼는 것인지 몰랐다. 그녀는 묘역안내판을 먼저 훑어보았다. 익히 들어 익숙한 이름들이었다. 묘지에는 13개국 480명이 안장되어 있었다. 그녀는 우선 출발을 하기 전 인터넷에서 찾은 선교사묘역 안내도를 꺼내 차례대로 헌화하면서 헤론의 묘지를 찾기 시작했다.

베델, 헐버트, 캠벨, 벙커, 무어, 위더슨, 브로크만,

레이놀즈, 기포드…….

마침내 헤론의 묘지였다. 돌비석은 세월의 무게에 못 이겨 듬성듬성 구멍이 나 있었고 옆으로 기울어 있었다. 누군가 다녀간 듯 백합 한 송이가 놓여 있었다. 은영은 왈칵, 하고 눈물이 날 뻔했다. 그녀는 마치 자신을 낳아 준 아버지, 나아가 그녀를 있게 한 할아버지 묘 앞에 있는 착각이 들었다. 누워 고이 잠들어 있어

도 그분의 신령한 기운이 묘 전체를 둘러싸고 있는 것 같았다. 얼마나 더우세요? 은영은 실제 그분이 앞에 있는 것 같은 생각으로 무심코 이렇게 말했다.

그때 핸드백에 있던 휴대전화의 벨이 울렸다.

"은영아. 나야 종철이. 어디야? 병원에 갔더니 오늘 안 왔다던데. 그리고 너! 저번 주일도 교회에 안 나오고. 목사님이 걱정하시잖아. 도대체 왜 그래?"

분당 C교회에 함께 다니는 남자친구였다. 목소리가 급박한 것으로 보아 많이 걱정한 눈치였다.

"여기, 양화진이야. 혼자 왔어."

"뭐? 그리 멀리? 나한테 말을 했어야지. 그러면 같이 갈 것 아니야. 그리고 가더라도 병원은 들러야지. 치료는 꾸준히 해야 한다고."

"그만해. 병원은 앞으로 가지 않을 거야. 그리고 교회도……. 당분간 쉬고 싶어. 오빠도 이제 내 일에 신경 좀 꺼 줬으면 좋겠어."

"야. 끊지 마! 그래 네 마음은 이해해. 그래도 그렇지. 교회를 안 온다니. 너, 아직도 그때 일을 못 잊으면 어떻게 해? 목사님 그리고 교회식구들과 부모님 생각도 해야지."

그러나 은영은 매몰차게 쉬고 싶어, 하며 전화를 끊었다. 외마디 비명이라도 지르듯 그녀의 말투에는 피곤함이 묻어 있었다. 머리가 지끈거리며 아파오기 시작하면서 기억하고 싶지 않은 그때 일이 생각났다.

꼭 작년 이맘때쯤 이었다. 교회에서 자원해서 나간 아프가니스탄 단기 선교였다. 그녀의 기억 속으로 아직 망각되지 않은 수많은 일들이 주마등처럼 스쳐갔다. 피랍, 죽음의 공포, 살인, 협박. 사십 삼 일 동안 짐승 같은 억류생활. 배고픔. 언론의 뭇매. 네티즌들의 비난. 믿는 형제들의 돌팔매질. 교회 앞에서 자행되는 이상한 시민단체들의 피켓 항의 등등……

그의 말대로 병원을 들러 약이라도 타서 먹고 왔으면 이리 어지럽지 않을 터인데, 하며 은영은 약간 후회했다. 그늘을 찾아야 했다. 언덕 쪽을 보니 큰 나무가 있고 밑은 조금 서늘해 보였다. 은영은 얼른 남은 꽃들을 헤론의 묘에 쏟아 붓고 언덕으로 올라갔다. 언덕 밑은 바람도 불고 그늘이라 제법 시원했다. 그녀는 나무에 등을 기대고 가만히 헤론의 묘지를 바라보았다. 그때 그도 나처럼 이런 고통을 겪었던가. 부모 형제를 떠나 이국땅에서 죽어갈 때 심정은 어떠했을까……. 제법 시원한 바람이 불어오고 있었다. 은영의 눈은 서서히 감겨져 갔고 그녀의 이상은 백여 년 전 이맘때로 돌아가고 있었다.

1883년의 일이었다.

영국에서 미국 땅으로 이민한 지 11년 만에 헤론은 테네시 종합대학 의과대학을 수석으로 졸업했다. 목사였던 그의 아버지는 그를 앉혀놓고 하나님께 감사기도를 드렸다.

"주님. 감사합니다. 우리가족에게 이 새로운 땅을 허락하시고 마침내 제 아들에게 이런 영광을 주셨으니 모든 게 주님의 뜻과 계획인 줄 믿습니다. 부디 이 아들을 쓰시옵소서. 우리는 우리의 길을 알지 못하오나 겸손하게 순종할 준비가 되어 있습니다. 제 아들의 길을 인도해주옵소서."

신앙심이 깊고 매사에 사려 깊은 아버지였다. 헤론은 이때 땅 끝으로 향하는 길을 가슴에 품었다. 그리하여 선교에 필요한 의학을 더욱 심층적으로 공부하기 위해 뉴욕종합대학 의과대학에서 공부를 계속했다. 졸업 후 블랙웰 아일랜드 병원에서 실습을 하는 동안 정식 의사자격시험에 합격했다. 합격하던 날, 테네시 의과대학에서부터 함께 해온 절친한 친구 빌이 흥분한 어조로 그에게 말했다.

"헤론. 이제 우리는 정식의사가 되었어. 우리 함께 이 땅에서 아직 인류가 정복하지 못한 질병 연구를 함께 하는 거야. 그래서 우리가 놀라운 일을 한 번 해보자고."

그러나 헤론은 친구 빌의 입을 막고 조용히 말했다.

"미국은 우리가 아니더라도 의사가 너무 많아. 그리고 계속 대학에서 의사는 배출될 거고. 나는 나를 필요로 하는 곳으로 가고 싶어. 기도하던 중에 성령께서 이제 준비가 끝났으니 땅 끝으로 가라, 는 말씀을 하셨어."

"뭐? 그럼 선교사를 생각한단 말이야? 그럼 해티는 어떡하고? 그녀에게 물어봤어?"

해티는 그의 약혼녀로 존스보로 의과대학 교수 딸이었다. 귀엽고 아름다운 처녀였지만 과연 그가 가고자 하는 길을 따라와 줄지는 솔직히 의문이었다. 헤론은 그저 기도할 뿐이었다. 만약 그녀가 거부한다면 그는 혼자라도 갈 작정이었다. 친구는 좌절감과 쓸쓸한 빛을 역력하게 나타냈다.

"그래, 어느 나라를 생각하고 있어?"

"코리아."

"하필이면……."

빌은 헤론의 말에 다소 의아했다.

"그러지 않아도 자네가 며칠 동안 극동의 여러 나라를 샅샅이 뒤지 길래 혹 그 나라를 생각지 않나 싶었어. 헤론, 한 번 더 생각해 봐. 그 나라는 기독교인들에게 로마의 박해보다 더 심한 박해를 하는 나라야. 미개하고, 더럽고, 너무 가난해. 그런 곳에서 일하다 덜컥 병이라도 걸리면……."

친구 빌의 말은 사실이었다.

16세기부터 조선은 실학파를 중심으로 천주교의 자연스러운 전래가 이루어졌다. 이른바 서학(西學)이라 하여 처음에는 학문으로 지식인, 중인층에 퍼지다가 종교로써 일반 민중들에게 서서히 전래되었다. 그러다 정조 15년(1791년) 신해옥사에 이어 십년 만에 순조 1년(1881년) 신유옥사 때 많은 천주교인들이 죽었다. 그럼에도 불구하고 천주교인들의 수는 줄지 않고 오히려 증가추세에 있었다. 그래서 다시 회복의 기미를 보였던 천주교는 헌종 5년(1839년) 기해년에 이르러 세 번째 대규모 박해를 당했다. 대원군이 집권했을 때에는 조선의 천주교 탄압을 응징하고자 프랑스 군함 세 척이 1866년 양화진까지 침범했다가 강화도에서 패퇴하는 병인양요가 발생하였다. 이 사건으로 대원군의 척화의지는 더욱 강화되었고 천주교인들에 대한 박해가 극을 달했다. 대원군은 양이(洋夷)에게 더럽혀진 한강을 사교들의 피로 씻는다며 양화진 앞 강물을 천주교인들의 피로 물들이는 만행을 저질렀다.

"그렇다 해도 그것 역시 주님의 뜻이지. 박해를 두려워하며 눈치나 보고 있다면 언제 땅 끝까지 주님의 증인이 될 수 있겠나? 난 결심했어. 자네도 내 뜻을 헤아려 함께 가면 좋겠네만."

그의 뜻은 분명했다. 며칠 후 헤론은 장로교파 선교본부를 찾아갔다. 이미 일본에 여러 선교사를 파송한 일이 있는 장로교회에서는 일본에 가있는 선교사들을 통하여 조선이 선교개척지라는 것을 알고 있었으나 선교본부의 실행위원들 사이에 이견이 분분했다. 정치정세도 시끄럽고 천주교인들에 대한 박해의 피자리가 아직 마르지 않는 상태에서 개신교 선교는 아직 이르다는 의견이 지배적이었다. 그리하여 그 단체의 수석총무는 여러 가지 검토 결과 조선은 시기상조라는 결정적인 내용을 장문으로 발표한 상태였다. 그러나 어느 곳에 가더라도 진취적이며 긍정적인 사람은 있기 마련이었다. 그 무렵 평신도로서 그 단체의 위원이던 데이비드 맥윌리암스는 거금의 유산을 외국선교에 적절하게 쓸 기회를 찾고 있었다.

그리하여 그는 곧 에린우드 박사를 찾아가 조선 선교에 쓰라고 유산 중 오천 달러를 기금으로 내어 놓았다. 그가 기금을 장로교 본부에 기탁 한 것은 1884년 2월경이었다. 그러자 다른 기증자들이 앞을 다투어 헌금을 했다. 이렇게 하여 안 될 것 같은 조선 선교의 틀은 잡혀가기 시작했다. 이제 누구인가 그곳 선교지를 향하여 떠나겠다고 자원하는 사람만 있으면 조선의 선교는 그 문을 열게 되어 있는 것이었다. 이에 헤론은 당장 자원했고 조선에 대해 공부하기 시작했다. 그는 미국과 조선이 최초로 수교를 체결할 때 조선사절단의 도착을 알린『모닝 콜』지의 1883년 9월 3일자 신문과 9월 29일자의 주간 잡지『프랭크 레슬리즈』를 구해 보았다. 그리고는 아는 인맥을 통해 조선이라는 나라에 대해 가능한 모든 자료를 구해 열심히 연구하고 그 나라를 위해 기도하기 시작했다.

1884년, 드디어 기도 끝에 사랑스러운 해티와 결혼한 헤론은 선교본부의 지시로 장로교파 최초의 조선선교사임무를 부여받고 미국 땅을 출발했다. 그러나 선교본부에서는 한 가지 조건을 내걸었는데 그것은 조선 국내 정세의 불안 등 드러내놓고 복음을 전파하는 일에 신중한 입장을 견지하는 측면에서 우선 일본에 건너가, 기회를 엿보다 조선으로 들어가라는 것이었다. 헤론은 다소 이 지시에 실망을 했지만 혼자 독자적으로 움직일 수 없는, 한 공동체의 일원이 되어 있었으므로 할 수 없이 선교본부의 지시를 따랐다. 그래도 그는 혹 자신의 뜻과는 반대로 행했을지 모를 해티가 아내로서 그와 함께 선교지에 간다는 게 큰 힘이 되었다.

일본에는 이미 많은 선교사들이 자리 잡고 있었다. 선교사들은 본국의 선교본부가 조선에 대해 관망의 자세를 취하고 있는 것과는 달리 일본 내의 조선유학생들을 상대로 열심히 전도를 하고 있었다. 그중에는 조선의 관리로서 대원군이 임오군란을 계기로 잠깐 다시 정권을 잡았던 1882년에 일본으로 건너갔던 이수정도 있었다. 그는 조선을 떠날 때 어느 개항장에서 중국어 성경과 마가복음 주역서와 마틴의 천도소원을 손에 넣어 열심히 봉독하던 중 기독교의 진리에 관심을 갖게 되었다. 그리하다 일본인 목사를 통해 미국인 녹스목사와 맥클레인목사에게 세례를 받았다. 1884년 헤론이 일본에 도착했을 때 이수정은 마가복음을 조선어로 번역한 상태였다. 이 소식을 들은 헤론은 조선이 자체 고유문자를 가지고 있다는 사실에 크게 놀랐고 조선 사람들도 복음을 전하기만 하면 어느 민족보다 열성적으로 믿겠다고 생각했다. 그렇게 일본에서 조선어 공부를 하며 선교본부의 지시를 기다리던 헤론은 1884년 9월 20일. 미국 북장로교회에서 첫선교사를 조선으로 보냈다는 소식을 들었다. 헤론은 그 소식을 듣자 크게 낙심하여 아내에게 불만을 토로했다.

"결국 나보다 먼저 그쪽에서 보냈어. 언어공부라는 것도 그 나라 사람들과 함께 살면서 익혀야 빠른 것인데 도대체 선교본부에서는 언제까지 우리를 묶어둘 셈이란 말인가."

"너무 조급하게 생각마세요. 프로테스탄트 선교사로서 조선 땅에 첫발을 디디고 싶은 당신의 마음은 알겠지만 다른 분이 먼저 들어가서 예비하는 것도 나쁘진 않잖아요."

그 다른 분이란 사람은 후에 조선왕실의 첫 번째 시의가 된 알렌이었다. 그는 마이애미 의과대학을 졸업한 후 중국 선교의사로 임명되어 중국에서 활동을 하다, 헤론보다 꼭 아홉 달 먼저 한성 땅을 밟은 것이었다. 물론 이미 조선 땅에는 알렌 말고도 먼저 들어온 선교사들이 있었다. 감리교의 아펜젤러 부처와 장로교의 언더우드와 감리교의 스크랜톤과 그의 아내와 어머니 등이었다.

그로부터 구 개월 후인 1885년 6월, 헤론은 아내를 대동하고 마침내 조선 땅에 들어왔다. 아내의 예상대로 알렌은 이미 놀랄 만한 기반을 다져 놓았고 조선 이름 목린덕으로 불리는 독일인 묄렌도르프 역시 나름대로 막강한 자기 세력을 구축해 놓고 있었다. 조선으로 입국하는 외국사람, 특히 서양 사람이라면 한성에 들어오는 길로 그를 만나는 것이 당연한 순서로 되어 있었다. 헤론은 한성에 도착하는 즉시 알렌의 안내를 받아 묄렌도르프를 만났다. 그는 헤론보다 십 년 정도 나이가 들어 보였다.

"헤론선생. 이 동양의 구석진 곳 조선을 찾아오신 것을 환영합니다. 선생의 헌신이 이 땅을 개척하여 놀라운 것을 창조하도록 해야 할 것입니다."

헤론은 얼결에 그의 손을 잡았다. 그가 어떤 신앙을 갖고 있는지, 어떠한 확신을 가지고 조선에서 참판이라는 벼슬을 받아 일하고 있는지 확실히 몰라도, 분명한 것은 하나님께서 당신의 사업을 위하여 조선 땅에 들여보낸 전초병이며 공병대의 일원임에 틀림없이 보였다.

알렌 역시 같은 의사요, 선교사로서 헤론에게는 매우 중요한 사람이었다. 매사 그의 지시와 배려로 선교준비를 하고 있던 헤론은 때만 기다리고 있었다. 그러나 조선 조정의 금교령으로 인해 순순한 복음전파가 매우 힘들었다. 대신 선교사들은 주로 의료와 교육 자선사업 등 간접적인 선교를 모색할 수밖에 없는 실정이었다. 헤론은 여러 차례 이 문제를 알렌에게 말했지만 그로서도 묵묵부답이었다. 복음을 전할 수 없다니, 주님의 말씀을 백성들에게 전할 수 없다면 이게 무슨 선교냐, 하고 헤론은 날마다 탄식을 했다.

이에 앞서 조선에서는 1884년 개화당 민영익이 우정국 개국 축하연회 때 자객에 칼을 맞아 중태에 빠진 사건이 발생했다. 묄렌도르프는 속히 알렌을 불러 그를 치료하게 하고 그는 구사일생으로 목숨을 건졌다. 민영익이 누구던가. 막강한 권력과 정치세력의 영향력을 가진 왕비의 친정조카이자 일약 스물 두 살의 나이로 외교사절이 되어 청나라에 파견되었고 이어 미국과의 수호통상조약의 답례로 스물세 살 짜리 젊은이가 전권대사가 되어 미국을 거쳐 프랑스, 영국, 이탈리아, 이집트, 인도, 싱가포르, 홍

콩을 둘러보고 온 야망의 찬 조선의 고관이었다. 알렌은 이 일로 고종에게 참판벼슬을 받고 궁중 어의가 되었다. 그리고 마침내 조정의 절대적인 신임을 받아 조선 최초의 현대식 병원인 광혜원을 열었다.

알렌은 입국해서 복음전파를 못 하게 되어 낙심해있는 헤론을 지켜 보다, 우선 병원에서 함께 일할 것을 제안했고 그는 받아들였다. 광혜원에 들어간 헤론은 열심히 환자들을 돌보았다. 그는 알렌이 조선 황실과 깊은 유대관계에 있으므로 조만간 복음을 전파할 수 있을 거라 생각했다. 그러나 그의 생각은 빗나갔다. 여전히 조선은 기독교 전파를 거부했으며 알렌 역시 복음전파에는 신중을 기했다.

어느 날이었다. 알렌의 방에 일 때문에 들어 간 헤론은 이 문제를 꺼냈다.

"알렌. 우리가 선교사로서 이 땅에 온 것은 주님의 말씀을 증거 하러 온 것이지. 왕실사람들 치료나 하러 온 것이 아닌 줄 압니다. 하다못해 그 환자들에게 복음이라도 전해야 하는데, 조정이나 당신이나 입을 다물고 있으니 정말 답답할 노릇입니다. 그래서 말인데 혹 이 문제를 조정의 실력자에게 건의를 해 보는 게 어떻겠습니까?"

그는 가급적 알렌의 심기를 건드리지 않게끔 정중하게 말했다.

"헤론. 우리는 선교사이기 이전에 의사요. 나라고 복음을 전파하고 싶지 않아서 이러는 게 아니요. 워낙 이 땅의 실력자들이 복음 이야기만 꺼내면 당장이라도 우리를 추방할 것 같아 이렇게 참고 있는 거요. 그리고 헤론 선생. 예수님도 병든 자를 치료했잖소. 우리의 의무는 의사로서 이 불쌍한 사람들을 살리는 데 의미를 둬야 하오.”

헤론은 알렌의 말에 지금껏 참았던 분노를 터뜨렸다.

“알렌! 무슨 말이오. 우리의 본분은 주님의 말씀을 이 땅 사람들에게 전하는 거지, 어째서 의술이 먼저란 말이요. 당신 이 나라 조정의 녹을 먹더니 우리의 사명을 잊은 게 아니요?”

헤론의 말에 알렌은 격분했다. 알렌은 이것이 신앙의 문제가 아니라 자신에 대한 인신공격이라 생각되어 몹시 불쾌했다. 헤론의 말이 어느 정도는 맞지만 지금까지 자신의 공로를 전혀 인정하지 않는 것 같은 그의 말이 비수가 되어 심장을 찌르는 것 같았다. 마침내 둘 사이는 급격히 냉랭해졌다. 금방이라도 큰 싸움이 벌어질 것 같았다. 그때 마침 그들보다 조선 땅에 먼저 들어와 있던 언더우드가 나타나 사태는 일단 진정되었다. 언더우드는 헤론과 같은 영국 태생이자 한때 인도 선교를 꿈꾸다 조선에 들어와 연희전문대학을 세운 사람이었다. 성품도 훌륭했고 신앙심이 매우 돈독했다. 후에 헤론이 이질에 걸렸을 때 삼 주간 병실에서 그를 헌신적으로 간호하기도 했다.

알렌과 헤론 그리고 언더우드는 선교방식 때문에 자주 의견충돌이 있었지만, 그들은 다 하나님을 믿는 사람들이어서 돌아서면 헌신적으로 각자의 위치에서 조선 사람들을 섬겼다. 헤론은 늘 복음을 이 땅 백성들에게 전하지 못하는 점에 대해 마음이 걸렸다. 그러나 그는 자신의 이런 감정을 속이고 삭이며 오히려 더욱 더 헌신적으로 환자들을 돌보았다.

그러던 중 알렌이 개인적인 이유 때문에 병원장 자리에서 물러나고 조선조정은 헤론을 광혜원 2대 원장으로 임명했다. 이제 헤론에게 기회가 온 것이었다. 그는 당장 병원 명칭을 제중원이라 고치고 일대 개혁적인 작업을 추진했다.

우선 그는 고종과 조선 조정의 실력자에게 이 병원 이용자를 황실과 고관 그리고 그의 친족들에 제한하지 말고 일반 백성도 이용하게끔 건의했다. 물론 모든 백성들이 이용할 수는 없었지만 헤론의 의견은 일부 반영되었다. 또 그는 비공식적으로 환자가 원할 경우 개신교를 전파하는 것과 그들에게 기도할 수 있도록 건의하였다. 더불어 그는 자신의 집에서 일하는 하인들과 함께 주일 날 예배를 드릴 수 있도록 조정을 설득하여 허락을 받았다. 이런 조치들로 헤론은 비로소 영적인 기쁨이 살아났고 더욱 헌신적으로 병자들을 돌볼 수 있게 되었다. 그 사이 사랑스러운 두 딸도 태어났다. 헤론은 낮에 환자들을 돌보고 밤에는 귀여운 두 딸과 잠시 행복한 시간을 보내다 어김없이 밤마다 성경연구와 번역 일에 몰두하였다. 그러나 그 반면에 그의 건강은 서서히 나빠졌다. 그럼에도 그는 늘 지배층의 수탈과 열악한 환경에 놓여 있는 조선 백성들을 먼저 걱정했다.

당시 조선에는 천연두, 장티푸스, 이질 등 전염병이 도처에 창궐하였다. 백성들은 손 한번 쓰지 못하고 줄줄이 죽어 나갔고 탐관오리들에게 속수무책으로 당하고 있었다. 그는 밤마다 조선을 위해, 불쌍한 조선의 백성들을 위해 기도했다.

"하나님께서 이 불쌍한 민족을 돌아 보사, 이 시들대로 시든 민족을 권고하사, 그들에게도 하나님의 긍휼과 사랑을 알게 해 주소서."

헤론은 밤낮없이 진료와 성경번역, 기도에 매달렸다. 멀리 아픈 환자가 있으면 그가 양반이든, 평민이든 상관없이 달려가 몸을 아끼지 않고 돌보았다. 제중원의 이름이 알려지자 백성들은 서양의사를 절대적으로 신뢰했기 때문에 그의 일은 점점 늘어났다. 어느 날, 그는 육백 리가 넘는 시골에 환자가 있다는 소식을 듣고 왕진 가방을 챙겨 성심껏 치료해 주고 돌아오는 길에 그만 쓰러지고 말았다. 속히 집으로 옮겨진 그를 진찰하던 언더우드는 깜짝 놀라고 말았다. 이미 그의 몸속에는 이질이 심하게 번져 소생이 불가능한 상태였던 것이다. 헤론은 그의 몸 상태를 알고 있으면서도 먼 길의 환자를 뿌리치지 못하고 간 것이었다.

1890년 7월 26일 그는 자신의 집에서 아내와 어린 두 딸을 남기고 숨을 거두었다. 헤론은 죽기 전, 집에 있던 하인들에게 믿음을 포기하지 말라고 당부했으며 아내에게는 자기 뒤를 이어 이 땅에서 선교 사업을 계속할 것을 부탁했다. 그리고 마지막 말을 남겼다.

"나의 사역은 참 보잘 것 없는 것이었지만, 그것은 모두 예수님을 위한 것이었다."

은영은 설핏 잠이 깨었다. 눈을 들어 주위를 둘러보니 헤론의
묘가 그대로 있었고 상수리나무 그늘은 더욱 깊어져 있었다. 해
가 서편 하늘로 넘어가고 있었다. 구름 한 점 없던 하늘엔 시커먼
구름들이 떼 지어 몰려오고 있었다. 비가 오려나 보다, 하고 그녀
는 미간을 찡그려 하늘을 다시 한 번 보았다. 이럴 때 비라도 한
바탕 부려주면 좋겠다 싶었다. 목이 말랐다. 은영은 핸드백 속에
생수병을 꺼내려다 휴대전화 바탕에 찍혀있는 문자를 보았다.
  '연락바람. 내가 데리러 갈 터이니 빨리 연락 요. 은영아. 내가
잘못 했어. 제발 전화 좀 받아.'
  종철의 연락이었다.
  그녀는 물을 한 모금 마시고 언덕 밑에 있는 헤론의 묘를 뚫어
지게 바라보았다. 그리고는 독백처럼 그에게 말했다.
  '헤론 선교사님. 나 지금 너무 힘들어요. 모든 게 뒤죽박죽 된
것 같아요. 선교사님처럼 살고 싶어, 당신의 불꽃 같은 삶을 살고
싶어 그곳으로 떠난 게 이런 결과를 가져왔어요. 이제 저는 제 신
앙이 마음속에 있는지 없는지도 모르겠답니다. 어릴 때부터 믿
어왔던 주님께서 왜 이런 시련을 제게 주셨는지 도저히 이해가
안 가요. 교회에 가기 싫고 사람들도 만나기 싫어요. 나, 이제 어
떡하면 돼요?'
  그때였다. 눈앞에 헤론의 생애가 파노라마처럼 순식간에 지나

가더니, 이루 말할 수 없는 신령한 기운이 은영의 주위를 돌았다. 그녀는 깜짝 놀라 주위를 돌아보았다. 그러나 모든 것은 그대로 였다. 아아, 아직 내가 꿈을 꾸고 있는 건가, 하며 은영은 두 손으로 얼굴을 쓸어 내렸다. 이때 헤론의 묘 앞에 희끔한 안개가 피어나더니 그곳에서 아주 온화한 사람의 형상이 연기처럼 서서히 올라왔다.

'자매님, 많이 힘드세요?'

은영은 등골이 오싹해질 정도로 화들짝 놀랬다.

'혹, 헤론 선교사님?'

'그래요. 나, 헤론입니다.'

'어떻게? 이런 일이⋯⋯.'

은영의 입술은 바짝 타들어 갔다.

'그래. 무슨 일이 힘들다는 겁니까? 복음 전파입니까? 아니면 사람들의 곱지 않은 시선입니까? 그리고 아까 떠났다하던 그곳이 어디를 말하는 거죠?'

헤론 선교사의 얼굴은 온화했다.

'아아, 선교사님. 그곳은 아프가니스탄이었어요. 이슬람교도들이 90% 이상인 그 곳에 저도 선교사님처럼 학교와 마을, 그리고 의료 선교를 위해서 갔어요. 아마 작년 이맘때쯤 될 거에요. 그런데 그 나라 수도인 카불에서 목적지인 칸다하르로 이동할 때 그만 무장 세력들에게 피랍을 당했어요. 너무 순간적이라 어떻게 된 건지 기억조차 나지 않아요. 억류된 사십삼 일 간 우리들

중 두 명은 살해당했고 남아있던 우리들은 엄청난 고통을 겪었어요.'

'그 정도는 각오하고 갔지 않았어요?'

'물론 어느 정도 위험이 있다는 것은 알고 있었지만, 선교 한 번 못해보고 그리될 줄은 정말 몰랐어요. 언론에선 우리가 그곳에 가기위해 그해 사월부터 칠월까지 단기선교훈련을 받고 갔다고 말들 하는데, 간호사였던 저는 솔직히 몇 년 전부터 그곳에 가려고 현지 언어랑, 관습이랑 조금씩 준비했었어요. 선교사님처럼 말씀이 없는 곳에서 의료봉사도 하고 복음을 전하려 했답니다. 헌데……'

은영은 여기까지 말하다 갑자기 설움이 복받쳤는지 울음을 터뜨렸다. 한국에 입국한 후부터 지금껏 누구에게도 속 시원히 털어놓지 않던 말이었다. 한국에 극적으로 귀환한 이후 가족, 교인들, 그리고 그녀의 남자친구로부터 따뜻한 위로와 진정어린 보살핌을 받았지만 그녀는 충격으로 매일 밤 약 없이 잠을 잘 수가 없었다. 일 년이란 기간 동안 은영은 그때의 악몽들이 시시때때로 환시와 환청으로 나타나 늘 두렵고 불안했다.

'이해할 수 있어요. 선교라는 게 그리 쉬운 일은 아니죠. 더군다나 언제 어떤 위험이 닥칠지 모르는 나라에서 말씀을 증거 한다는 것은 어쩌면 순교를 각오해야 하는 일이니까요.'

'선교사님. 그곳에서 저는 정말 존경하는 두 분을 잃었어요. 저는 이렇게 살아 돌아왔지만 그분들은……'

'그래요. 정말 가슴 아픈 일이네요. 하지만 백여 년 전에 주님의 복음을 들고 이 땅을 찾았던 우리를 생각해보세요. 그때 이 땅은 지금처럼 신앙의 자유가 있었던 건 아니에요. 나만 하더라도 내 조국 미국에서 배를 타고 두 달여 만에 도착할 만큼 이곳은 아주 먼 땅이었죠. 정세는 늘 불안했고 전염병이 도처에 창궐하고 무엇보다 종교적인 박해가 드센 곳이었지요. 그때 나 말고도 수많은 선교사들이 죽어 갔어요. 믿음을 지키려고 살려 준다 해도 타협을 하진 않았죠. 그래서 지금 이 땅은 어떻게 되었습니까? 내 조국 미국 다음으로 각국에 선교사를 많이 파송하는 나라가 되지 않았습니까? 순교는 그런 것이에요. 그때 죽었던 밀알들이 이제 이 땅에 큰 결실을 맺었지요.'

헤론의 얼굴은 더욱 온화해지면서 그의 뒤로 광채가 나는 듯했다.

'선교사님 말씀 들으니 참 위안이 되요. 헌데 이 부분, 그러니까 제가 한국에 돌아와 일주일 정도 병원에 누워 있다, 아무도 없는 틈을 타서 그간의 신문들을 보고 인터넷을 검색 해봤어요. 언론은 그야말로 흥미진진한 상업적 이슈로 이 문제를 다루고 있더군요. 있지도 않은 사실, 게다가 자기네들이 직접 취재한 것이 아니라, 다른 나라에서 취재한 것을 그대로 인용하는가 하면 사설에서는 일방적으로 우리를 비난하고 있었어요. 그리고 네티즌들의 반응이란, 그야말로 황당무계한 것뿐이더군요. 인터넷을 온통 비난으로 도색을 하고 있었어요. 여기까지는 그래도 참을

만 했어요. 헌데 주님을 믿는 사람들조차, 분명 한 지체인 형제, 자매들이 세상과 동조하며 우리더러 선교의 방법을 모른다는 등, 위험한 곳을 왜 일부러 찾아다니느냐는 등, 국내에도 많은데 굳이 여행성 선교를 갔느냐, 하는 비난을 일삼는 거예요. 저 정말 충격 받았어요.'

'진정으로 하나님을 모르는 사람은 그럴 수 있어요. 그네들은 모든 일을 인간의 보편적 이성, 확률적 경험, 과학적 접근방법을 잣대로 평가를 하지요. 그리고 믿는 형제들 중, 그런 분들은 아직 하나님의 진정한 뜻과 계획을 모르고 그렇게 한 것 같군요.'

'정말 제가 잘못한 것일까요? 그렇지 않다면 주님께서는 왜 이런 감당하기 힘든 시련을 주시는 걸까요?'

'주님은 감당하기 힘든 시련을 주시는 분이 아닙니다. 오히려 그것을 뛰어넘는 용기와 힘을 주시는 분이죠. 자매님이 그리 생각하는 것은 그분의 생각과 뜻을 아직 모르고 있는 것입니다. 이사야서 55장 8~9절을 읽어보시죠.

내 생각은 너희 생각과 다르며 내 길은 너의 길과 달라서 하늘이 땅보다 높음같이 내 길은 너희 길보다 높으며 내 생각은 너희 생각보다 높으니라.

하나님은 우리가 생각하는 그 이상입니다. 그분의 뜻과 계획을 살피기 위해서는 자매님이 엎드려 기도하고 간구하는 방법밖에

없습니다.'

은영은 오랜만에 성경말씀을 들으니, 그것도 오래 전부터 흠모해 오던 헤론 선교사로부터 직접 들으니 굳어있던 마음이 녹는 것 같았다. 이제 더 이상 머리는 아프지 않았다. 어릴 때부터 성경을 읽어왔고 들어왔지만 오늘만큼 심령 깊숙이 들어온 적은 없었다. 시대는 다르지만 삶의 분명한 목표는 헤론선교사나, 그녀나 다를 게 없다고 느껴졌다. 이천 년 전 회심한 바울 사도 역시 고문과 구타, 추방, 마침내 죽음을 겪으면서까지 주님의 말씀을 전하지 않았는가. 은영은 그 자리에서 눈물을 흘리며 무릎을 꿇었다.

'주님. 너무 먼 길을 돌아 이제 주님 앞에 돌아 왔습니다. 회의하고 의심하고 원망을 했던 저 같은 죄인을 다시 받아 주시니 정말 감사합니다. 믿는다 하면서도 입술에 교만이 넘쳤고 내 힘대로 내 의지대로 행하였던 것을 고백합니다. 이제 무너졌던 제 심령에 생명수를 부어주세요. 독수리 날개 치며 솟아오르듯 저를 이 허탄함에서 건져 내주세요. 그리하여 이제 주님 뜻대로 살아가는 거룩한 종이 되게 해주세요. 예수님의 이름으로 기도드립니다. 아멘.'

안개가 걷히고 있었다. 더불어 헤론선교사 묘지 위에 가물거리던 연기는 사라져 버렸다. 빗방울이 하나둘 떨어지자 은영은 얼른 핸드백을 들고 입구 쪽으로 걸어 나갔다. 발걸음은 경쾌했고 양화진의 공기는 더 없이 시원했다.

그때, 멀리 언덕에서 내 너를 다시 높이 들어 사용하리라, 는 음성이 은영의 귓가에 들리는 것 같았다.

이 작품은 정연희 작가의 장편소설 『양화진(1992. 홍성사)』의 일부 내용을 발췌, 인용하였습니다.

멀리서 들려오는 소음

1950년 6월 25일 한국전쟁은 미국에게 큰 충격이었다. 1949년 6월 30일 주한미군의 마지막 부대가 한국 땅에서 철수한 지 불과 일 년 만에 미국은 한국에 대규모의 군대를 보내지 않으면 안 되었다. 냉전 하에서 일어난 한국전쟁은 미국에게 '멀리서 들려오는 소음(A noise far away)이' 아니라, 미국의 국가이익과 세계평화를 위협하는 공산권의 자유세계 전체에 대한 선전포고였던 것이다. 이에 따른 미국의 한국전쟁에 대한 조치는 신속하고 치밀하였다. 유엔 안보리의 소집과 북한에 대한 침략자로 규정한 결의안 채택, 한국에 대한 지원 결정, 유엔군 파견 등 일련의 조치는 미국이 건국 이래 약 200여 개의 전투 및 분쟁에 개입했지만, 한국전 개입처럼 신속하면서도 적극적이며 단호한 조치를 내린 적은 거의 없었다. 오산전투는 미 지상군부대가 한국전에서 최초로 싸운 전투이다. 그리하여 이 낯선 땅에서 자유와 평화를 외치던 많은 미국의 젊은이들이 죽어갔다.

 날씨는 더없이 맑았다. 깃털구름 몇 점이 빗살무늬처럼 사선으로 그어져 있었지만 하늘은 대체로 투명했다. 인천공항에 도착한 나를 비롯한 내외국인들은 따가운 햇살을 받으며 성큼성큼 출국장으로 향했다. 아까부터 다리가 불편한 나를 위해 부축하려는 듯 다가오는 친절한 한국남자가 짧은 영어로 도와드릴까요, 하고 접근했지만 나는 정중히 거절했다. 나는 내 힘으로, 내 다리로 이 땅을 밟고 싶었다. 비록 나이는 들고 목발을 의지해 걷고 있지만, 이 순간만큼은 나는 그때처럼 젊은 군인이고 싶었다. 물론 그때처럼 M1과 이틀분의 C-레이션은 없지만 대신 나는 낡은 가방을 메고 천천히 걸었다. 눈부신 햇살 때문이었을까. 내 눈은 따가웠고 눈물이 조금씩 흐르고 있었다. 공항 청사와 부대시설은 훌륭했다. 내 조국의 어느 공항과 비교해도 손색이 없었다. 어느새 한국은 이렇게 발전을 했단 말인가. 나는 몇 번이나 눈을 비벼가며 이 새로운 현실에 적응하려 노력했다. 심사대에서 간단한 절차를 받고 나올 때였다. 눈에 띄게 손을 흔드는 한 가족이 날 발견하자 껑충껑충 뛰고 있었다. 아들 내외였다.

 "아버지. 정말 잘 오셨어요."

 "아버님. 힘든 결정하셨네요."

 "할아버지! 저에요, 지미. 나 많이 컸죠?"

 모두 이년 만에 보는 얼굴이었다. 아들은 성공한 기업인답게 밝고 중후한 표정이었고, 며느리는 미국에 있을 때보다 더 좋아 보였다. 특히 내가 사랑하는 손자 녀석은 키가 훌쩍 큰 것 같았다. 대학에서 경영학을 전공하고 미국에서 줄곧 컨설팅 회사에서 근무하던 아들은 이년 전 이곳에 세운 지부의 책임자로 부임하였다. 그동안 내게 몇 번이나 전화를 해서 꼭 다녀가라고 한 걸 나는 애써 거절했다. 아들에 대한 호의를 무시한 것은 아니었다. 그렇다고 이 나라에 대한 무슨 억하심정이 있는 것은 더더욱 아니었다. 그건 솔직히 두려움 때문이었다. 살아남은 자의 부끄러움, 내 안에 기억하고 싶지 않은 공포 같은 것이었다. 그러나 며칠 전 한 통의 편지로 나는 마음을 바꾸었다. 대한민국 오산 시장 명의로 된 초청장이었다.

'UN군 초전기념 및 스미스부대 전몰장병 추도식'

나는 그때 이 전투 참가자였다. 전쟁 중 부상으로 본국에 후송된 후 나는 약혼녀와 결혼했고, 의도적으로 자주 이사를 다녔다. 내 고향 캘리포니아를 떠나 버지니아 주, 유타 주 등 여러 곳으로 옮겨 다녔음에도 편지는 정확히 내게 전달되었다. 물론 무척 망설였다. 그 긴 세월 동안 꿈쩍도 하지 않았는데, 이제 와서 무슨 관심일까 싶었다. 그러나 최근 나이가 들면서 살아갈 날이 얼마 남지 않은 것을 직감할 수 있었다. 이제 죽기 전에 내 마음의 응어리를 풀고 싶었다. 세월은 무상했다. 긴 상념 끝에 나는 마음을 돌이킨 것이다.

"어때요? 내가 있는 서울에 먼저 가실래요? 아니면 오산으로 바로 갈까요?"

"그냥 오산으로 가고 싶어. 그곳 말이야."

며느리와 손자는 오늘 밤 다시 만날 양으로 하고 리무진 버스로 먼저 서울로 갔다. 고즈넉하게 그곳을 돌아보라는 아들의 배려였다. 승용차는 매우 편안했고 성능이 좋아 보였다.

"이 차는 한국산이야?"

"그럼요. 현대에서 생산된 '에쿠스'란 차종이죠. 아버지, 한국이란 나라 예전 그대로 생각하시면 안 돼요. 지금 이 나라는 전자, 조선, 자동차 산업이 매우 발전되어 우리나라와 거의 맞먹는 수준이어에요. 많이 변했죠?"

정말 놀라웠다. 신문과 TV에서 가끔 한국 관련 기사를 보았지만 이 정도 인줄은 꿈에도 몰랐다.

"그런데, 요즘 이 나라가 조금 시끄러워요. 정부관계자들은 친미적 경향이 뚜렷한 데 일반 민중들은 시도 때도 없이 반미를 외치고 있어요."

얼마 전 신문에서 본 내용이었다.

"이 나라는 같은 민족이라는 공유의식이 무척 센 것 같아요. 몇 해 전인가, 인천에 있던 맥아더 동상도 끌어내린 일이 있잖아요. 그 전쟁에 우리 미군이 얼마나 희생되었는지 뻔히 알면서 말이죠. 특히 아버지 같은 분도 아직 살아있는데."

아들은 운전을 하며 다소 흥분하고 있었다.

"글쎄. 아직 우리가 이해 못 하는 그들만의 생각이 있겠지."

할 말은 많았지만 나는 대충 이렇게 말했다. 승용차는 들판을 가로질러 오산으로 향하고 있었다. 그 당시 들판에는 낡은 옷차림의 농부들이 있었고 도로는 비포장이었다. 그런데 오늘은 너무 달랐다. 깨끗하게 정리된 논과 기계를 이용한 작업, 무엇보다 도로에 표지판이 곳곳에 설치되어 있었고 모두 포장이 되어있었다. 승용차로 한 시간 반 정도 달렸을까. 마침내 나는 '죽미령고개'라는 표지판을 보았다. 순간 가슴이 턱, 하니 멈춰왔고 손이 가늘게 떨렸다. 아들이 운전을 하면서 계속 날 쳐다보고 있었다. 멀리 언덕 위에 참전 기념탑이 보였다. 세월이 흘러도 과거는 그대로 남는 것일까. 미국에서 애써 잊으려 했고 이제 거의 생각나지 않을 정도로 단련이 된 기억은 어찌된 셈인지 과거로 돌아오니 재생필름처럼 그대로 재현되는 것 같았다. 심장은 계속 쾅쾅거리며 귀가 멍해졌다. 총알이 내 머리 위를 날아다니고, 비명소리, 전차 소리, 총탄소리 등 복잡한 소리들이 가득 울려 퍼지고 있었다. 그때부터 나는 정신 혼미해지면서 짐 일병과, 코니 일병이 아련히 떠오르기 시작했다.

칠월의 태양은 철모를 녹일 만큼 강렬했다. 오염이 덜 된 땅이라 그런지 햇빛은 여과 없이 공기를 관통하여 온 대지에 쏟아졌다. 날씨는 맑았다. 전쟁 중인데도 푸른 들 사이사이 농부들이 일을 하고 있었다. 그들의 표정에는 전쟁에 대한 공포라든가, 두려움 같은 게 없이 보였다. 트럭으로 이동하는 우리를 보고 그들 중

몇몇은 손을 흔드는 여유를 보이기도 했다. 어쩌면 저리 태연할 수가 있을까. 혹 전쟁소식을 못 들은 건 아닌가, 하고 의아해 할 때 선임하사가 우리에게 모두 눈을 붙일 것을 명령했다. 그러나 우리는 뒤숭숭한 분위기에 잠을 잘 만큼 여유롭지가 않았다. 우리 중에 참전경험이 있는 자는 전체의 육분의 일도 안됐었다. 그 외는 전투경험이 전무한 실정이었다. 모두들 신경이 날카로웠다.

"어디로 가는 거야? 왜 시원스레 말을 안 해줘?"

버지니아 주 출신의 베리 상병이 불만스럽게 내게 물었다. 하긴 평택에서 출발하여 이곳까지 올 때 모든 상황이 극비로 붙여져 궁금하긴 나도 마찬가지였다.

"오산이라던가? 그럴 거야. 아까 작전참모가 이야기하는 걸 들었거든."

가깝게 지내던 우리들 중 유일하게 대학 재학 중에 입대한, 그것도 예일대 법대생이었던 하얀 얼굴의 짐 일병이 시큰둥하게 말했다. 그는 법률을 공부하다 문득 인간의 삶과 죽음이라는 거대한 명제에 직면하자 감당을 못해 군이라는, 전쟁이라는 특수한 상황이면 혹 자신의 문제가 해결되지 않을까 하고 입대를 했다 한다. 그러나 일전에 그는 내게 고백하기로, 같은 과의 여학생에게 실연당한 것이 입대의 가장 큰 이유라고 했다.

"근데, 너희들! 대대적으로 환영해 주는 것은 기분 좋은 일인데, 왜 우리가 남의 땅에 와서 싸워야 되는 건지 정말 모르겠다."

괄괄한 성격의 코니 일병이었다. 그는 늘 담배를 물고 살았다. 그래서 우리는 그를 '니코틴 중독자'라고 놀려댔다.

시끌벅적한 분위기도 잠시 해가 뒤편으로 넘어가자 하나둘씩 잠에 빨려들기 시작했다. 전투를 하려면 자야 했다. 그러나 앞으로 어떤 일이 일어날까. 적들의 화기는 어떨까, 그들의 사기는, 과연 우리가 이길 수 있을까, 하는 생각에 나는 좀처럼 잠을 이루지 못했다. 트럭은 벌써 산속 비포장도로를 네 시간이나 달리고 있었다.

나흘 전이었다. 나는 주둔해 있는 일본 구마모토에서 일상적인 훈련을 끝내고 달콤한 휴식을 취하고 있을 때, 갑작스레 한국으로 출동하라는 명령을 받았다. 내 소속은 제24사단 21연대 제1대대였다. 나를 비롯한 모든 대원들은 일순 긴장했다. 특히 전투 경험이 없던 나는 솔직히 겁이 덜컥 났다. 그냥 이렇게 일본 땅에서 무리 없이 복무하고 고향 땅으로 귀향할 생각이었는데 참전은 의외였다. 비행기에 오른 후에야 들었는데 한국 땅에서 전쟁이 일어나, 작전을 지휘하던 맥아더 장군의 건의로 트루먼 대통령이 파병을 승인했다고 했다. 맥아더가 북측의 남침 나흘 뒤 수원에서 지휘관 회의를 주재하다가 F-51기와 북한군의 야크-9기가 공중전을 벌이는 모습을 보고 지상군 투입을 건의한 모양이었다. 물론 대원중에는 찬성하는 자도 있었다. 여러 차례 전투 경험이 있어 일본 같은 후방에서 지내려니 좀이 쑤시는 부류였다. 그들은 훈련 때도 실전같이 행동했다. 그러니 그들에게 전투란 당연한 일인지도 모르겠다. 우리는 다음날 오전 이타즈케 공군기지에 도착하여 '가능한 북쪽에서의 적의 침공을 저지하라'는 명령을 받았다. 이 명령을 전해주던 대대장 스미스 중령의 표정은 매우 진지했다. 그는 연단에서 장엄한 표정과 결의에 찬 연설을 했다. 그의 말에 비로소 나를 비롯한 대원들은 두려움과 공포에서 다소 해방될 수 있었다. 그날 오후 세시 우리는 한국 땅 부산의 수영비행장에 공수되었다. 그리고 시민들의 대대적인 환영을 받고 그 다음날 기차로 오전에 대전역에 도착했다.

부대 명칭은 대대장의 이름을 딴 '스미스 특수임무부대' 였다. 나는 이 이름이 무척 마음에 들었다. 특수임무를 수행하는 부대원이니 아! 역시 우리는 특수한 요원이라고 내심 생각했다.

대대장은 우리를 남겨둔 채 그날 전방지휘소에 있는 처치 장군을 방문하여 전장 상황을 듣고 오산 북방 죽미령까지 지형정찰을 한 후 복귀했다. 삼열로 늘어선 우리를 보는 그의 표정은 어느때보다 진지했다. 어깨에 부착된 중령 계급장이 햇빛에 반사되어 유난히 빛났다. 그는 처치 장군으로부터 평택, 오산을 점령하라는 세부 명령을 받은 모양이었다. 그리하여 우리는 즉석에서 오산과 평택에 주둔할 중대를 정하고 그날 밤 기차로 평택으로 향했다. 대대지휘소는 평택에 설치하였다. 다행인 것은 미리 한국 땅에 들어온 미 육군 52포병대대장 페이 중령이 A포대를 인솔해와 우리와 합류하게 됨으로써 보포를 통합한 강력한 부대가 된다는 것이었다.

트럭이 멈춰 선 곳은 지척을 분간할 수 없을 만큼 어두운 산등성이였다. 짐승들의 울음소리가 간헐적으로 들렸고, 빽빽이 들어선 수풀이 사방을 막고 있었다. 찌르륵, 하고 울어대는 벌레소리조차 간담을 서늘하게 할 만큼 매서웠다. 그곳엔 움막이 네 채 정도 있었다. 한눈에 보기에도 사람이 살지 않는 곳 같았다. 내가 속한 B중대장은 우리에게 여기서 세 시간 정도 대기를 명령했다. 아마 작전은 새벽녘이 될 것 같았다. 나는 수통에 물을 한 모금 마시고 지급받은 C-레이션을 꺼냈다. 이곳의 날씨는 낮에는 폭염으로 찔 듯이 더웠지만, 한밤이 되자 어깻죽지에 싸늘한 냉기가 돌 만큼 시원했다. 동료들 중 몇은 움막으로 들어가 아까 못 자두었던 잠을 자고 있었다. 또 몇은 이 불안한 정적을 어떻게 극복할까 하여 머리를 맞대고 의논하고 있었다. 나머지는 곧 벌어질 전투에 대비해 개인화기를 손질하며 조용히 대기하고 있었다. 나는 솔직히 불안했다. 까닭 모를 공포가 엄습해왔고 내 몸의 모든 기관들이 긴장하여 꼼짝도 하지 않았다. 마른기침이 끊임없이 나오면서 온몸이 식은땀 범벅이 되어갔다.

"왜 그래? 어디 아파?"

코니였다. 그는 불을 붙이지 않은 담배를 물고 있었다.

"제기랄. 담배도 못 피우게 하고 말이야. 잠도 오지 않는데 뭘 하란 말이야. 이런, 남의 땅에서 이게 무슨 짓거리야. 제인. 혹시 숨겨둔 술 좀 없어? 가슴이 답답해 죽겠다."

그제야 나는 코니 같은 동료가 옆에 있다는 사실에 다소 위안이 되었다.

"술은 없어. 근데 괜찮아? 나는 솔직히 불안하다. 무섭기도 하
고……."

그때 짐 일병이 나타났다.

"제인! 무서워할 것 없어. 인생은 어차피 한 번은 죽는 거야. 근
데 죽는다고 모든 게 끝나는 게 아니거든. 삶과 죽음은 한통속이
야. 죽음으로 새 삶을 영위한다. 영혼은 불멸된다. 뭐 이런 거지.
나는 이 순간을 기다렸어. 나의 지리멸렬한 용기와 절대선이 이
런 한계상황에서는 어떻게 전개될까, 하고 기대가 돼. 나는 미국
에 있을 때 코리아란 나라에 대해 조금 알고 있었어. 우리가 치러
야 할 이 전쟁은 예전에 무력으로 이 땅을 침입한 우리 선조들에
대한 속죄이기도 해. 이 땅 사람들은 그걸 '신미양요'라 부르지.
함포와 총으로 이 땅의 주권을 유린하고 힘없는 백성을 죽인 죄.
물론 표면적으로는 통상요구였지만 말이야. 민주주의를 표방하
는 자랑스러운 미합중국인 내 조국이 힘으로 약소국을 굴복시킨
의도는 국제법상에도 어긋나. 이제 우리가 이 땅 사람들을 공산
주의로부터 지켜주는 게 도리인 거지."

"야! 역시 예일대 법대생답다."

코니가 비아냥거리듯 말을 하자, 주위는 가볍게 웃음이 번졌
다. 나는 짐의 달변이 마냥 부러웠다. 참전을 하려는 나라가 어떤
곳인지 충분한 지식이 없으면 이 전쟁은 무의미한 것이었다. 우
리가 무엇 때문에 피 흘려가며 남의 나라를 도우겠는가. 나는 이

전쟁을 마치고 고향으로 돌아가면 코리아라는 나라를 배우기로 마음을 먹었다.

문득 고향 땅에 두고 온 부모님과 약혼녀가 생각이 났다. 캘리포니아에서 오렌지 농사를 짓는 부모님은 하나밖에 없는 아들이 군에 입대할 때 무척 말렸다. 그러나 예쁘진 않지만 마음 씀씀이가 고운 약혼녀는 내 결정을 존중했다. 어려서부터 친구처럼 지내온 그녀는 내가 청년이 될 때까지 캘리포니아를 벗어나지 못한 것에 대해 안타까워했다. 그래서 큰 경험을 쌓으라고 날 떠나보내면서 울지도 않았다.

그렇게 바위에 앉아 하염없이 생각에 빠져있을 때, 선임하사의 낮은 목소리가 들렸다.

"출동 준비."

드디어 내가 속한 B중대는 죽미령 90고지와 117고지를 향해 출발했다. C중대는 92고지를 향했다. 105㎜포대는 죽미령 후방 수청리에 포진하였고, 이 무렵 북상한 한국군 제17연대도 제2대대를 포병진지 우측 88고지에 배치하였다. 시계를 보니 새벽 세 시 경이었다. 나는 가슴팍에 M1을 바짝 당겨 유사시를 대비하였다. 동료들은 모두 아무 말이 없었다. 컴컴한 하늘엔 별들이 유난히 반짝거렸다. 이 땅의 별들이 고향 집에서 바라보던 별보다 훨씬 가깝게 느껴졌다. 갑자기 약혼녀가 떠올랐다. 고향 집 기차역에서 노란 손수건을 건네주며 환하게 웃던 그녀는 새벽별에 클로즈업되어 날 향해 웃고 있었다. 그렇게 긴장한 채 시간을 보낼

때였다. 어느새 동쪽 산 너머에서 해가 뜨고 있었다. 붉은 해였다. 옆에 엎드려 있는 토니 일병이 크게 감탄을 했다.

"제인. 잘 봐. 너무 멋지지 않아? 난 이렇게 아름다운 태양은 처음이야. 우리나라에서 보는 것하고는 확연히 달라."

내가 보기에도 장관이었다. 멀리 능선에서 붉은 해가 머리부터 올라오더니 금방 산을 차며 솟아오르고 있었다. 주위는 온통 붉었다.

그러나 이런 기분도 잠시, 시간이 흘러 아침 일곱 시 경. 수원 부근에서 북한군 제 4단이 제107전차연대를 앞세우고 1번 국도를 따라 남진하는 것이 우리 측에 의해 관측되었다. 8연대의 전차를 필두로 죽미령고개 1.8km까지 접근하자 우리 측 105mm포대에서 그들에게 곡사포를 발사했다. 그러나 적의 전차는 별 다른 피해 없이 계속 전진하였다. 결국 전차가 우리 진지 전방까지 왔을 때 75mm무반동총이 전차를 향해 공격을 했으나, 또 실패하고 말았다. 그런데 재차 5번 포로 날린 폭탄이 적의 선두전차 2대를 궤멸 시키자 우리는 모두 환호했다.

"역시 우리 포대가 최고야."

코니 일병은 예의 익살스러운 표정으로 적들을 향해 한방 먹였다.

"근데, 생각한 것보다 전력이 센 걸, 저 전차를 잘 봐. 소련제 T-34인 것 같아. 새끼들이 소련제로 칠갑을 했네."

망원경으로 지켜보던 짐 일병이 마른 침을 삼키며 말했다.

"소련제 거저 다 고물 아니야? 문제없어. 나는 빨리 전차 뒤에 따라오는 보병들하고 한판 붙고 싶다. 한방에 날려 주게 말이야."

짐 일병의 말이 맞았다. 확인 결과 적 전차는 홍 33대였다. 그 뒤를 주력부대인 적의 보병들이 떼 지어 몰려오고 있었다. 우리가 적을 너무 몰랐을까. 갑작스러운 충돌이라 그들에 대한 정보가 너무 없었다. 엎드려 있던 동료 중에는 눈앞에 보이는 참혹한 광경에 너무 고개를 숙이고 귀를 막는 자도 있었다. 크게 당황하는 모습이 역력했다. 그러나 우리는 군인이었다. 중대장이 주위를 돌며 우리를 독려했고, 두려움에 떠는 병사들을 강하게 질책했다. 선임하사는 나름대로 현황판을 꺼내 놓고 다음 단계를 준비하고 있었다.

"제인, 겁나?"

계속 망원경으로 전방을 주시하던 짐이 물었다. 나는 별다른 대답 없이 앞만 쳐다보았다.

"고향에 약혼자가 있다지? 어때. 예뻐? 그녀를 생각하면 꼭 살아 돌아가야겠는 걸."

"예쁜 얼굴은 아냐. 그래도 내겐 가장 소중한 연인이지. 짐은 전에 말한 동급생 여자애 생각 안 나?"

"글쎄. 많이 보고 싶지. 근데 그게 내 뜻대로 되어야 말이지. 그런데, 제인. 망원경으로 보고 있자 하니 저쪽도 여기 남측 사람들과 같은 피부색이야. 같은 민족이지. 우습지 않아? 이념이 뭐길래, 같은 민족끼리 전쟁을 한다는 거야. 이 코리아라는 나라는 우리보다 역사가 훨씬 오래되었어. 조용한 나라지. 1945년에 일본으로부터 독립을 했는데 북쪽은 소련의 사주를 받아 공산주의가 되었고 남쪽은 우리와 같은 자유주의야. 우습지? 독립한 지 얼마 안 되어 남북으로 갈리고 또 이렇게 전쟁까지 하니 말이야."

"우리도 링컨 대통령 때 남북 전쟁이 있었잖아."

"그런 차원하고는 다르지. 여기는 이념 전쟁이야. 공산주의와 자유민주주의의 대결이라고."

"그렇지만 어떤 종류이든 나는 폭력과 전쟁은 반대해. 특히 인간들이 만들어 놓은 사상, 그게 이념이라고 불리겠지. 그것 때문에 전쟁을 한다는 그 자체를 나는 경멸해."

짐은 나의 대답에 잠시 멀뚱하게 바라보았다.

"제인은 낭만주의자네. 그러나 전쟁은 지금뿐만 아니라 인간들이 무리를 만들 무렵부터 있어왔고 앞으로도 없어지진 않을 거야. 우린 군인이야. 미합중국의 자랑스러운 육군이라고. 우리 체제를 반대하는 적들은 무조건 없애는 게 절대 선이지."

짐의 말이 끝날 무렵, 적의 전차는 파괴된 전차를 길옆으로 밀어치우고 있었다. 그리고는 4대씩 무리를 이룬 가운데 도합 33대가 모두 죽미령을 통과하여 오산 쪽으로 내려가고 있었다. 이 상한 점은 그들은 우리 보병과 직접적인 전투를 피하는 것 같았다. 이에 포병들은 각 포를 도로방향으로 돌려 적의 전차에 직접 조준사경을 가했다. 그러나 전차를 저지하지는 못했다. 선두 전

차들이 응사를 하며 오산 쪽을 내려간 십 여분 뒤, 더 많은 전차
가 접근해 오자 일부 포병들은 극도의 두려움에 빠져 진지를 이
탈했다. 시간이 조금 지나 다행히 대부분 복귀하여 후속전차와
사격전을 벌이긴 했으나 큰 성과는 없어 보였다.

드디어 전차 3대를 필두로 하여 긴 차량 종대가 뒤따르고 또
그 뒤에 짐작으로 수 킬로미터 늘어선 적의 주력부대가 우리 진
지 근처까지 왔다. 전투는 시작되었다. 스미스 중령은 권총을 빼
어 들고 큰 소리로 외쳤다.

"미합중국의 영광을 위해! 자유 민주주의의 승리를 위해! 일제
사격!"

그 한마디로 우리의 사기는 충천 했다. 각자 위치에서 우리의
야포, 박격포, 기관총 및 M1은 일제히 불을 뿜었다. 요란한 함성
과 강한 화력은 이내 적들의 심장과 머리에 타격으로 주었다. 다
다닥, 펑, 아악, 하는 괴성들로 죽미령은 이내 아수라장이 되었
다. 적의 차량들이 불타고 내 눈앞에서 적들이 죽어 갔다. 나는
M1을 고쳐 잡고 그들을 향해 무작정 쏘아댔다. 그 와중에 스미
스 대대장은 권총을 높이 들고 우리 사이를 이리저리 뛰어 다니
면서 독려를 하고 있었다. 마치 그는 불사조같이 보였다.

그때 짐이 내게 소리쳤다.

"제인! 머리를 더 숙여. 넌 꼭 살아서 돌아가야 되잖아."

"뭐? 뭐라고?"

총알소리에 정신이 없어 나는 그에게 몇 번 되물었다. 그러자

그는 엄지손가락을 치켜들었다. 그러면서 그는 엎드린 자세에서 도리어 무릎을 꿇은 자세로 더욱 치열하게 싸우는 게 아닌가. 난 그런 그가 몹시 걱정되었다. 코니는 아예 담배를 입에 물고 계속 욕을 해대며 총을 난사하고 있었다. 그러나 적들은 만만치 않았다. 바로 응사가 이어졌고 전투를 시작한 지 몇 분도 채 안 되어, 내 옆의 동료 베리 상병이 첫 번째로 총을 맞아 즉사했다. 나는 그의 입가에서 흘리는 피를 보았다. 시뻘건 피였다. 순간 내 머리는 마치 고장이 난 양 멍했다. 모든 게 흰색이었다. 시끄러운 총성도 들리지 않았다. 난 더 이상 두렵지 않았다. 나는 M1을 치켜들고 적진으로 뛰어 나가려 했다. 그때, 날 잡아챈 것은 코니였다. 그는 내 뺨을 세차게 때렸다.

"제인! 정신 차려."

그는 맹렬하게 날 다그쳤다. 차츰 종소리가 들리나 싶더니, 주위는 이내 시끄러워졌다. 정신이 돌아오자 곳곳에서 비명소리가 들렸고 울음소리가 그치지 않았다. 내 줄에 있던 동료들 중 절반이 총탄에 쓰러졌다. 적의 선두 전차는 우리가 있는 곳의 200M까지 다가와 전차포와 기관총을 쏘아댔다. 코니는 내 목을 끌어안고 쓰러져 있었다.

"이건 미친 전쟁이야. 너무 무모해. 저것 봐. 동료들이 죄다 죽어 가고 있어. 제인! 옆을 돌아봐, 이게 뭐야. 왜 우리가 남의 나라에 와서 죽어야 돼? 난 살고 싶어."

전차포의 화력은 대단했다. 펑하는 소리가 들리나 싶더니 이내 그 소리는 지척에서 터지고 있었다.

"굴하지 마! 뒤돌아보지도 마. 우리는 여기를 사수한다. 지금부터 후퇴하는 자는 내가 직접 사살한다."

스미스 중령의 얼굴은 땀으로 범벅이 되어있었다. 그러나 나는 그의 얼굴에서 진정한 군인을 느꼈다. 이런 상황에서 부대를 진두지휘할 수 있는 힘은 어디서 나오는 것일까. 나는 얼른 코니를 밀쳤다. 그리고 다시 총을 잡아 적을 향해 사격을 했다. 그도 무안한지 내 옆에서 총질을 해대었다. 그러나 그의 고개는 밑을 향하고 있었다.

"이런! 이럴 땐 공군에서 지원하는 게 아니야? 왜 아무도 안 오는 거야. 이러다 다 죽겠네."

앞쪽으로 갔다 다시 후퇴한 짐이 숨을 헐떡이며 우리 옆으로 왔다. 그는 곁눈질로 통신병을 찾았다. 그러나 저만치 보이는 통신병의 안색은 몹시 좋지 않았다. 아마 적의 공격으로 통신망이 손상된 모양이었다. 그동안 적의 보병부대 중 일부는 반월봉에서 북으로 뻗은 능선을 점령해 우리를 압박했다. 또한 주력부대는 대다수가 공격을 하면서 나머지는 죽미령 좌우로 우회하는 것이 보였다. 아마 포위작전을 전개하는 것 같았다.

"중대장 어디 있어? 이제 후퇴해야 돼. 안 그러면 다 죽어."

짐이었다. 그는 몹시 흥분되어 그 자리에서 벌떡 일어났다.

"짐! 엎드려. 위험해!"

나는 그의 바지춤을 잡아끌어 당겼다. 그러나 순식간이었다.

갑자기 그가 외마디 비명을 지르며 앞으로 고꾸라졌다. 아아, 이럴 수가. 그는 잠시 흥분한 사이 적의 총을 맞은 것이었다. 나는 얼른 그의 가슴에 손수건을 댔다. 그러나 소용없는 일이었다. 손수건을 댄 그의 가슴 쪽에서 수돗물이 나오듯 피가 콸콸 넘치고 있었다. 약혼녀에게 받은 노란 손수건은 이내 벌겋게 물들었다. 그의 얼굴이 점점 잿빛으로 변해갔다. 그 와중에 짐은 오른손으로 왼쪽 상의를 가리켰다. 나는 직감적으로 그의 호주머니에서 편지 한 통을 꺼냈다. 무척 고통스러운지 숨을 몰아쉬면서도 그는 편지에 시선을 떼지 않았다. 그는 입을 크게 벌려 내게 뭐라고 다그쳤다. 물론 그 소리는 전혀 알아들을 수 없었다. 나는 큰소리로 그에게 어떻게 해 줄까, 하고 물었다.

"편… 지……."

"알았어. 근데 죽지 마. 후송해서 병원에 가면 살 수 있어."

나는 편지에 적힌 수신자의 이름을 또박또박 그에게 불러줬다.

"예일대 법학과 3학년 수잔. 맞지?"

그는 힘없이 고개를 끄덕이다 그렇게 눈을 감았다. 그래 이건 아니다. 정말 이건 아니다. 난 큰소리로 하늘을 보며 고함을 질렀다. 겁에 질린 코니는 내 얼굴을 보면서 뒷걸음질 치더니 이내 돌아 뛰기 시작했다.

"짐! 뭐라 그랬어? 이 전쟁이, 이 땅을 위해 싸우는 게 우리가 이 나라에 속죄하는 것이라고? 이게 우리 미합중국의 자유민주주의라고 그랬잖아. 야! 이 미친놈아. 내가 어떻게 수잔 인지, 수

지인지 하는 여자에게 전사통보를 하냔 말이야!"

나는 그를 끌어안고 울기 시작했다. 그러나 마냥 비탄에 잠길 시간이 없었다. 머리 위로 계속 적의 총탄이 빗발치듯 날아오고 있었다. 동료들이 셀 수 없이 적에 의해 죽어 가고 있었다. 위생병은 미친 듯이 뛰어 다니고 있었다.

나는 남아있는 실탄을 세어보았다. 최초 120발에서 50여 발 정도가 남았다. 나는 이 50발로 적 50명을 사살하기로 작정했다. 부모님과 약혼녀가 언뜻 머리를 스쳤지만 어쩔 수 없었다. 나는 철모를 고쳐 쓰고 엎드렸다. 그리고는 M1을 수없이 당겼다. 시간관념이 없었다. 날씨는 새벽과 달리 어두워지고 있었다. 비명소리, 기관총에서 뿜어내는 연속적인 파열음 간헐적으로 들리는 적의 목소리는 이 땅을 광란으로 몰고 있었다.

그렇게 보병 전투가 시작된 지 한 시간 정도 흘렀을까. 나는 옆과 뒤를 돌아보았는데 동료들이 거의 보이지 않았다. 아, 이렇게 죽는구나. 그렇게 생각되었다. 그때 확성기로 중대장의 목소리가 들렸다.

"철수! 모두 철수한다. C중대부터 92고지를 경유하여 오산 방향으로 철수한다. B중대는 엄호한 뒤 단계적으로 철수하도록!"

스미스 중령이 철수를 결심한 모양이었다. 부대는 포위될 상황이었고 적의 기세는 더욱 세지기 시작했다. 불사조 같은 그가 이런 결정을 하기까지 얼마나 마음이 힘들었을까, 생각하니 마음이 몹시 무거웠다. 그러나 어쩔 수 없는 상황이었다. 이대로 가다

가는 보, 포 통신망의 두절로 포지원도 못 받고, 기상불량으로 항공지원도 못 받아 부대가 전멸될 위기였다. 그제야 나는 코니를 생각했다. 어디로 갔을까. C중대가 후퇴하는 사이 우리는 재차 대열을 수습해 적의 공격을 완강히 저지했다. 결국 그들이 다 빠져나갈 즈음 우리도 철수하기 시작했는데, 앞 대열이 언덕을 내려가고 난 뒤에도 나는 코니를 찾느라 뒷걸음질 치며 천천히 내려가고 있었다. 그게 화근이었다. 탕, 하는 소리가 내 귓전에 들리나 싶더니, 이내 오른쪽 다리에 힘이 쑥, 하고 빠지는 것이었다. 나는 그대로 앞으로 고꾸라졌다.

눈을 뜨니 군 병원이었다. 선임하사가 옆에 있었다. 코니는, 하고 그에게 물어 보았지만 그는 말없이 고개를 흔들었다. 그 의미는 굳이 되묻지 않아도 될 것이었다. 나는 가까운 동료 셋을 하루 만에 잃었다. 일본에 있을 때 그들은 내게 누구보다 가까운 친형제 같은 존재였다. 훈련이 끝나면 우리는 언제나 함께 야구를 즐겼고, 식사를 하며 우리의 젊은 날을 이야기했다. 그런 그들을 이 땅에서 잃고 내가 어떻게 혼자 조국으로 갈 수 있단 말인가.

짧은 기간, 나는 한국에 대해 전혀 모르는 상태로 이 전쟁에 뛰어들었다. 내 나이 이제 스물하나, 젊은 나이였다. 자랑스러운 미합중국 육군 일병으로 내 나라의 가치, 더 나아가 우리의 우방을 위하여 피를 흘렸고 언제든 그럴 수 있다. 나는 그렇게 배웠고, 내 후손도 그러할 것이다. 우리는 이 전투에서만 무려 180명의 전사, 부상, 실종자를 기록했다. 그들의 부모는 낯선 땅에서 죽어버린 자신의 아들을 결코 잊지 못할 것이다. 마찬가지로 이 땅의 주인들에게 나는 감히 말하고 싶다. 전쟁이 끝나도 오산전투에서 젊은 나이에 숨져간 내 전우들을 잊지 말아 달라고……

갈색구두

해마다 이맘쯤이면 아내는 이상했다. 어둠에 드리운 눈가도 그렇고 우수에 젖은 듯 촉촉한 눈동자도 그러했으며 무엇보다 말수가 눈에 띄게 준 것이다. 이런 아내의 변화는 잘은 몰라도 무척 오래전부터 시작된 것 같았다. 지금 곰곰이 생각해보니 그건 결혼한 직후부터 그렇지 않았나 싶다. 그러나 나는 이런 낌새를 굼뜨게도 삼사 년 전부터 알아차린 것 같다. 그건 내가 정말 무디어서 그런 게 아니라, 일 년에 고작 일주일 정도 아내가 변하는 게 결혼한 여자들이 흔히 겪는 권태 혹은 여러 가지 요인들 이를테면 시댁과의 마찰, 남편의 무관심, 경제적인 어려움 등과 같은 일상적인 갈등의 표현 정도로 인식한 것이었다.

　그랬다, 아내는 매년 분꽃이 피기 시작하는 초여름 일주일 정도만 그렇게 보냈다. 그러니 그 짧은 기간 외에 나머지는 평범했으므로 결혼한 후 몇 년간은 내가 전혀 눈치를 못 챌 수밖에. 그러다 삼 년 전쯤부터 나는 별안간 아내가 평소와는 많이 다르다는 걸 알았다. 아내는 그 일주일 중 하루, 장인의 기일에나 입는 검은색 정장을 입고 나 몰래 어디론가 나갔다가 오후에 들어온 것이었다. 그 날도 하마터면 내가 보지 못할 뻔하였다. 그날 나는 아침 일찍 출근을 서두르다 집에 중요한 서류를 놓고 온 걸 기억해 회사 앞에서 차를 돌려 집 근처로 되돌아 왔다. 그때 아파트 입구에서 건너편 인도로 걸어가는 검은색 정장의 아내를 본 것이다. 분명 나는 창문을 열어 아내를 불렀는데 그녀는 들은 체도 않고 버스정류소 쪽으로 계속 걸어가고 있었다.

순간 나는 오늘이 장인 기일인가 하는 생각을 하다 이내 고개를 저었다. 그건 두어 달 전에 이미 지나간 일이기 때문이었다. 이상하다 생각했지만 나는 그 일을 까맣게 잊고 있다, 며칠 뒤 별생각 없이 아내에게 그 날 아침의 일을 물어보았다. 내 질문에 아내는 그저 웃기만 했다. 지금 기억으로는 나 역시 그리 중요한 일이 아니라 판단하고 그대로 넘어간 것 같다. 그런데 그 다음 해 같은 시기에 똑같은 일이 일어났다. 그날은 내가 감기몸살에 걸려 출근을 못 하는 날이었다. 안방에 누워 계속 앓고 있는데 아내는 예의 그 검은 정장을 하고서는 몰래 방을 빠져나가는 것이었다. 하지만 아내에게 아무 말도 하지 않았다. 그 다음 해, 그러니까 작년에 내가 초등학교에 다니는 딸 아이를 불러 넌지시 그날 하루 엄마의 동태를 살피라고 일러두었다. 퇴근 후 딸 아이를 불렀더니 엄마가 분명 그 옷을 입고 아침에 나갔다가 오후 늦게 왔

154

다는 것이었다. 아아, 나는 그때 아내의 그런 행동이 너무 궁금해서 견딜 수가 없었다.

그때부터 나는 아내의 표정을 살피기 시작했다. 괜스레 물어보았다간 시치미를 떼거나 아니면 아예 입을 다물 수 있는 상황이었다. 그날 밤 검은 정장을 벗어 던진 후 아내의 표정은 매년 그렇듯이 평온했다. 나는 와인 두 잔을 따라 안방에서 화장을 지우는 아내의 곁에 앉았다. 그런데 한참이나 뜸을 들이다 그 일을 물어보았는데 의외로 아내는 담담히 말했다. 친구 묘소에 다녀왔어요. 당신은 모르는 사람이에요. 그러고는 침대에 누워버렸다. 친구 누구? 말했잖아요. 당신은 몰라요. 그러니 더 이상 말하고 싶진 않아요. 무슨 이런 말이 있단 말인가. 남편이 모르는 그녀의 친구가 있긴 하겠지만 이건 아니었다. 이런 상황은 마치 내가 직장에 무슨 일이 생겨 엄청 술을 많이 먹고 왔을 때, 누구하고 마셨어요? 당신은 몰라, 그냥 거래처 사람이야, 하고 퉁명스럽게 말하는 것과 같은 의미였다. 물론 부부란 것도 하나의 인격이 만나 피치 못해 부대끼며 살더라도 자신의 소중한 비밀 정도는 지켜져야 한다고 생각했다. 하지만 그 날 밤 아내가 내게 보여준 그런 작태는 날 사뭇 비참하게 만들고 말았다.

여름의 시작을 알리는 유월이었다. 베란다에 내어놓은 분꽃은 사선으로 내리는 초여름 비에 살포시 웃고 있었다. 아침부터 내리기 시작한 비는 어제 쨍쨍거린 태양을 비웃듯 그치지 않고 아파트에, 놀이터에 그리고 도시 한가운데 계속 내리고 있었다. 나는 잠옷을 입은 채로 비가 내리는 것을 보고 있었다. 직장에는 하루 휴가를 내었기 때문에 갈 필요가 없었다. 방충망 밖에 낯선 벌레 한 마리가 비를 피해 촘촘한 철망사이에서 쉬고 있었다. 녀석의 날개는 비에 젖어 축축해져 있었다. 나는 방충망의 두어 칸을 찢어 녀석을 들어오게 하고 싶었다. 혹 녀석이 바깥이 아닌 내 집 안의 동태를 살피기 위해 바동거리고 있다는 생각을 해서였다. 나는 녀석을 위해 연필깎이 칼로 촘촘한 방충망을 그어 버렸다. 녀석은 그런 기회를 재빨리 포착하여 비에 젖은 날개를 아래로 접고 들어왔다. 그럴 즈음 아내는 내 등 뒤에서 예의 검은 정장을 한 채 내 눈치를 살피고 있었다.

"나갔다 올게요."

그날이었다. 아내의 표정은 그저 담담했다. 다소 눈 주위가 어둑해서 그렇지 예전처럼 우울해 보인다든지 우수에 젖은 모습은 아니었다.

"어디를?"

그제야 나는 고개를 돌렸다. 그러나 내 물음에 아내는 빨간 우산을 대충 챙기더니 곧바로 등을 돌려버렸다. 나는 일순 화가 머리끝까지 치밀어 올라 오른쪽 발로 거실 바닥을 내려쳤다. 하필이면 이때 아까 그 녀석이 내 주위를 빙빙거리며 돌고 있었다.

"알잖아요? 오늘이 친구 기일이에요."

아내의 대답은 싸늘했다.

"도대체 누군데? 누구길래 매년 똑같은 옷을 입고 간단 말이야! 당신 옛 애인이야!"

그러나 그 소리는 나와 그 녀석만 들었을 뿐이었다. 이내 아내의 문 닫는 소리가 크게 들려왔다.

결혼 전 아내는 모든 일에 똑소리가 날 만큼 당당했다. 특히 그녀의 직장에서 만큼은 더욱 그러했다. 아내는 거래처에서 경리와 회계를 담당했다. 그녀를 처음 보았을 때 느낌은 '강한 여자' 그 자체였다. 그녀의 상관인 박 부장도 나와의 술자리에서 그녀를 들먹이며 똑똑함과 당돌함에 혀를 내두를 정도였다. 학벌도 괜찮고 외모도 준수했다. 거기다 나이도 나와 얼마 차이가 나지 않았다. 순간 나는 묘한 지배 심리에 사로잡혀 그녀를 잡고 싶었다.

나는 당시 그리 지혜롭진 않았고 세상을 많이 살진 않았지만 그런 부류의 여자는 일할 때와는 달리 사랑 앞에서 독립적이고 주체적이지 않다는 사실을 알고 있었다. 자의식이 강한 여성일수록 사랑 앞에서는 한없이 약해지고 순종적이기 쉬운 편이었다. 또 모순되게도 그녀들이 사랑하는 남자들은 화목한 가정을 이루는 데 적합한 부드럽고 착한 남자가 아니라, 다가서기 힘들고 냉정한 남자들인 경우가 많았다.

심리학자 「마야 스토르히」는 '강한 여자의 낭만적 딜레마' 에서 이러한 현대 여성의 복잡한 심리의 원인을 어릴 적 무의식에 뿌리내린 가부장적인 남성상에서 찾고 있다. 여성은 누구나 성장과정에서 커서 아빠랑 결혼할 거야, 하고 말하며 아버지를 사랑하게 된다. 아버지와 딸의 이러한 심리적 관계는 차츰 어머니에게로 옮아가 엄마처럼 돼서 아빠 같은 남자를 찾을 거야, 라는 다짐으로 이어진다. 이때 딸의 눈에 비친 어머니의 모습은 바람직한 여성상으로 행복하고 모범이 되어야 한다. 만약 어머니가 아버지에게 화를 내거나 우울해하거나 불행한 표정을 짓는다면 딸은 어머니처럼 되고 싶지 않다고 여기게 되고 아버지에 대한 오이디푸스 콤플렉스는 극복되지 못한다. 즉 무의식 속에서 여성으로 성숙하지 못하고 귀여운 딸로 남게 되며 딸의 영혼에는 아버지가 보여 준 고독한 특성이 남성의 원형으로 굳어지는 것이다.

정신의학자 칼 융은 이런 심리작용을 '가부장적 아니무스(여성 속의 남성성)' 이라고 정의했다. 가부장적 아니무스는 여성에게 야망을 갖게 하고 가족보다 일을 먼저 생각하게 한다. 원치 않는 일은 단호하게 거부하고 새로운 분야에 도전하며 당당한 성격을 갖게 한다. 또한 자연스럽게 독립심과 책임감이 강하고 냉담한 가부장적인 특성을 지닌 이성에게 사랑을 느끼게 된다.

문제는 이런 남성을 만나면서부터이다. 여성들은 무의식 속에 숨어 있던 아버지와 딸의 관계에 빠져들어 모든 일에 분명했던 성격이 180도 달라지고 남자에게 매달리거나 집착하며 신경 써주지 않는 것을 원망한다. 당당한 모습에 반해 사랑에 빠진 남자는 여자의 달라진 모습을 보고 떠나 버린다.

역시 내 예감은 적중했다. 나는 업무상 대금결제를 요구할 때 일부러 거친 말투를 사용했고 그녀 앞에서 어깨에 필요 이상으로 힘을 주곤 했다. 그녀와의 식사자리에서는 어떤 주제에 대해 어눌한 말투를 버리고 짧게, 그리고 명료하게 말했다. 이런 나의 모습에 그녀는 당연히 호감을 가졌다. 그리하여 나는 본격적인 거센 남자의 모습을 보여주며 열렬히 구애한 끝에 그녀와 결혼을 한 것이다. 물론 나의 원래 성품은 그리 냉정하지도 드센 것도 아니었다. 그저 평범한 성격을 소유한 나는 혹 결혼 후 그녀가 날 떠나버릴까 서둘러 아이를 가졌으며 직장도 못 다니게 했다. 그 땐 이미 그녀가 내게 무척 순종적으로 변해 있었다.

아내가 가버린 후 나는 줄곧 거실에 서 있었다. 베란다로 통하는 창문을 열어 놓아서 인지 분꽃 향기가 거실로 퍼져 내 코끝을 자극하고 있었다. 은은하면서 부드러운 향은 내가 막 피운 담배 연기를 무마시키고 있었다. 어디에 간 것일까. 누구에게 간 것일까. 아아, 내가 모르는 아내의 친구가 누구란 말인가. 나는 여러 상념에 젖어들었다. 혹 남자가 생겼을까. 그렇다면 해마다 똑같은 날에 똑같은 복장으로 만나러 가는 셈이었다. 그러나 이건 아니었다. 아내는 두 아이를 키우기에도 벅찼고 가정에는 충실했다. 가끔씩 내가 업무상 술을 많이 먹고 때때로 외박을 했을 때도 그녀는 늘 담담했다. 남자가 사회생활을 하면 술도 먹어야죠. 그런 건 이해해요, 했다.

그날 밤 아내는 늦게 들어 왔다. 장마가 시작되어 오후 무렵 그쳤던 비는 밤이 되자 더욱 드세게 내리고 있었다. 나는 아내에게 저녁을 차려주었다. 그녀가 좋아하는 김치찌개를 내어놓았다. 아내는 그런 나를 보더니 살포시 웃었다.

"잘 다녀왔어?"

나는 가급적 음성을 깔고 아내에게 물었다. 아내는 별 말없이 꾸역꾸역 찌개와 밑반찬을 먹고 있었다.

"내가 모르는 친구야? 혹 당신 내게 불만 있어? 아니면 다시 직장생활을 하고 싶은 거야?"

"불만 같은 거 없어요. 당신도 내게 잘 하잖아요. 생활비는 그리 많진 않지만 우리 네 식구 살만해요. 그리고 아이들 때문이라도 다시 직장생활 하고 싶진 않아요."

아내의 말투로 봐서 진심인 것 같았다.

"근데 해마다 왜 그래? 친한 친구였으면 나도 같이 갈까 그랬다. 어떤 친구였어?"

"그냥 학교 다닐 때 같은 과 친구였어요. 마음이 아주 착하고 여린, 정말 나와는 반대되는 친구였어요. 내게 참 잘 했었어요. 그땐 난 내 잘난 맛에 그 친구의 마음을 몰라주었죠. 깊은 병이 있는 줄도 모르고 말이죠. 결국 내가 당신과 교제하고 있을 때 연락을 받았어요. 죽었다고."

그때까지만 해도 아내는 담담했다. 그러나 나는 알고 있었다. 이미 그녀의 눈은 촉촉이 젖어 있다는 걸. 아내는 밥을 반쯤 먹다 갑자기 와인을 찾았다. 아내는 평소에 술을 거의 마시지 않았다.

그런 그녀가 내게 술을 마시자고 한 건 극히 이례적이었다. 아내의 얼굴은 이내 홍조를 띠었다. 식탁 위의 불빛이 밤이 깊어지자 훨씬 밝아져 싱크대와 거실을 어둑하게 만들고 있었다. 술을 마시는 내내 아내는 말이 없었다. 그러다 와인 병이 표가 나도록 비워질 때쯤 아내는 손으로 거실 한쪽에 있던 기타를 가리켰다.

"윤 모라는 가수가 불렀다던데, 당신, '얼굴'이란 노래 알죠? 기타로 한 번 들려줄래요?"

평소에 아내는 클래식이 아니면 음악 취급도 하지 않은 터였다.

"거, 아주 오래된 노래잖아. 웬일이야? 평소에 내가 부르던 대중가요는 모조리 싫어하면서."

말은 그랬지만 나는 기꺼이 기타를 잡았다.

"동그라미 그리려다 무심코 그린 얼굴……."

그때 아내가 조용한 목소리로 이렇게 말했다.

"사실은 오늘 그 친구에게 못 갔어요."

아내의 의외의 말에 나는 맥이 풀려버렸다. 그럼 지금껏 그 옷차림으로 어디서 뭘 하고 있었단 말인가.

"묘지가 어딘데?"

"D공원묘지예요."

아내가 말하는 곳은 우리가 사는 아파트에서 한참 동안 차를 몰고 가야 하는 아주 먼 곳이었다. 승용차로 가더라도 한 시간 반 정도 걸리고 버스를 타면 세 시간이 넘게 걸리는 그런 곳이었다.

나는 황급히 내 호주머니에 있는 차 키를 확인했다. 그런데 그 중요한 열쇠는 그대로 있었다.

"차를 안 가지고 갔어?"

"네. 비가 너무 와서 버스를 타고 갔었는데 하필이면 묘지 입구에 산사태가 났지 뭐예요."

"그럼 그곳에 계속 있었단 말이야? 이런 답답한 사람. 그럼 아예 날 데리고 갈 일이지."

"입구 매점에 줄곧 있었죠. 비가 그칠 줄 알았어요."

그런 식으로 아내는 전혀 그녀답지 않게 어설픈 변명을 하고 있었다. 그사이 작은 방에 자고 있던 막내의 울음소리가 들려 아내의 이야기는 끝을 맺고 말았다.

다음 날 아침 나는 출근을 하려다 바닥 한구석에 아무렇게 벗어 놓은 아내의 갈색구두를 발견했다. 흙이 지저분하게 묻어 있던 그 구두는 아마 아내가 어제 그곳에 갔다가 그냥 방치해 놓은 것 같았다. 평소 신발장 구석에 있어야 할 그 구두는 오래되고 낡아보였다. 미루어 짐작해 보니 아내는 이 구두를 일 년에 단 한차례 밖에 신지 않았던 것 같았다. 아내는 깨끗하고 편안한 구두가 여러 켤레였다. 그렇다면 이 구두와 아내의 친구와는 혹 무슨 연관이 있지 않을까. 나는 직감적으로 그렇게 결론을 지었다. 어제 아내가 솔직히 털어놓았다 해도 그 얘기들을 모두 사실로 받아들이기는 어려웠다.

그러나 그런 의문을 가진 것도 잠시 나는 다시 직장 일로 몹시 분주했다. 당연히 아내의 일은 잊어버렸다. 여전히 하루 일과가 끝나면 상사와 동료들과 혹은 거래처 사람들과 술을 마셨고 어김없이 회사에 대한 불평, 나아가 세상과 정치 이야기 등으로 소일을 했다. 술을 마시는 사람마다 세상살이의 힘겨움에 대해 얘기했으며 나 또한 그런 범주에서 벗어나지 못했다. 세상은 간단치가 않았다. 그리하여 정치판에나 있을법한 음모와 배신, 권모술수 등이 광범히 하게 매일 부대끼는 사람들 사이에서 일어나고 있었다. 정의니 순수니 의리, 사랑이라는 단어는 이제 사라져버려야 하는 것들이었다. 현실적이고 당장 눈앞에 보이는 이익을 좇아 인간적인 배신을 저지르는 일도 허다했다.

그렇게 정신없이 하루하루를 보낼 즈음에 나는 직장 후배인 김의 별스런 이야기를 접하게 되었다. 대학을 막 졸업하고 이번 해에 입사한 김은 키가 약간 작을 뿐 모든 면에서 두각을 나타내는 친구였다. 늘 밝던 그 녀석은 어느 한 날 내게 인생 상담을 요청해왔다. 나는 필시 직장 문제라고 단정을 지었는데 그게 아니었다. 고백한 바, 그는 몇 년째 어떤 한 여자를 짝사랑하고 있다고 했다. 상대는 자신이 고교시절 담임을 맡았던 여선생이었다. 그보다 다섯 살이 많은 그 여자를 그는 죽도록 사랑한다고 했다. 나는 그에게 물어보았다. 그 여자도 널 사랑해? 그러자 그는 얼굴이 빨개지면서 아뇨, 아직 말을 못 했어요, 했다. 순간 나는 쿡, 하고 웃을 뻔했다. 야, 이 녀석아! 말을 해야 할 것 아냐, 말을 해야 상대편도 네 감정을 알지. 안 그래? 내 말에 그는 정색을 하며 선배님, 그걸 모르는 바 아니지만 도저히 말을 못 하겠대요. 이상하게 그녀 앞에만 서면 온몸에 힘이 빠져요, 했다. 그러나 결국 계속되는 나의 협박과 격려에 그는 내일 당장 고백을 할 거라 했다. 내일이 선생님 생일이에요, 하면서 그는 그녀에게 줄 빨간 구두 한 켤레를 보였다. 아차, 나는 그 구두를 본 순간 녀석의 일은 뒷전이었고 잠시 잊고 있었던 아내의 갈색구두가 생각났다. 나는 당장에 그를 적당히 따돌리고 아내가 예전에 근무했던 J상사의 미스 김에게 전화를 했다.

다음 날 J상사 경리과에는 아내의 후배인 미스 김이 자리에 앉아 있었다. 모두들 퇴근하고 그녀 혼자 있는 게 다행이었다. 그녀는 내가 들어서자 흔쾌히 반겼다. 아내의 자리를 대신해 앉아 있는 그녀는 여전히 아름다웠다. 작년 연말 우리 부부는 그녀를 근사한 저녁자리에 초대를 했다. 그때 본 아내와 그녀의 친밀함은 오늘 내가 아내의 비밀을 풀기 위한 중요한 열쇠였다.

"웬 일이에요? 언니 잘 있죠? 아이들도 많이 컸을 테지요."

약간 긴장한 나와는 달리 그녀의 표정은 해맑았다.

"나갈까?"

"아주 중요한 얘긴 것 같네요. 그러죠 뭐. 일도 다 끝냈으니. 형부가 그럼 술을 한잔 사세요."

그녀는 서류를 주섬주섬 챙기기 시작했다.

하지가 가까워 오는 중이라 낮은 아주 길었다. 회색빛 도회지의 빌딩 사이로 해가 아직 떠 있었다. 일곱 시를 약간 넘은 시각이었다. 바깥은 눅눅한 습기와 어눌한 바람이 불어 초저녁이지만 몹시 더웠다. 행인들은 손차양과 부채로 더위를 피하려 했지만 역부족이었다. 상점과 식당 뒤에서 뿜어 나오는 에어컨의 텁텁한 바람으로 J상사 주위는 그야말로 찜통 같았다.

우리는 막창구이 집으로 향했다. 예전 아내와 결혼 전에 자주 들렀던 곳이었다. 식당의 홀은 막창을 구울 때 생기는 매캐한 연기로 자욱했다. 우리는 막창 한 접시와 소주를 시켰다. 적당히 술이 오르자 나는 그녀에게 아내의 갈색구두에 대한 얘기를 꺼냈다. 예상대로 그녀는 알고 있는 눈치였다. 난 그저 아는 대로 얘기를 해달라고 넌지시 그녀에게 말을 했다. 그녀는 주저했지만 나의 끈질긴 요구에 하는 수 없이 무너진 듯 아주 조심스럽게 말을 꺼내기 시작했다.

"그 구두를 아직도 언니가 보관하고 있나요?"

"일 년에 한번 정도 신는 모양인데 늘 깨끗하게 닦아 신발장에 있어."

그녀는 쯧쯧, 하며 혀를 내둘렀다. 그러니까 그때가…… 하면서, 그녀의 이야기는 시작되었다.

그때가 겨울이었어요. 우리 회사로 납품을 하던 신발공장에서 구두를 만드는 한 청년이 있었답니다. 납품을 위해 견본을 들고 왔다가 우연찮게 언니를 본 모양이에요. 늘 당당하고 조리 있게 말을 잘하던 언니에게 첫눈에 반한 거지요. 그때부터 그 청년은 사랑의 열병을 앓기 시작한 모양이에요. 그는 날마다 우리가 있던 사무실을 찾아와 창밖에서 수줍은 얼굴로 머뭇거리다 가곤 했습니다. 물론 언니의 얼굴을 보러 온 것이겠지요. 어쩌다 언니와 눈이 마주치면 볼이 빨개질 정도로 순박한 사람이었지요. 우리는 그 사람을 '창밖의 남자'로 불렀습니다. 그는 언니가 전혀 무관심하다는 것을 알면서도 그렇게 매일 매일 창문으로 다가왔지요. 솔직히 언니가 좋아할 만한 타입은 아니었죠.

그러던 어느 날 아침, 우리는 커피를 마시다 창문으로 무심코 고개를 돌렸더니 유리창에 글씨가 쓰여 있었습니다. '얼굴, 얼굴, 보고 싶은 얼굴.' 그 옆에는 동그라미가 무수히 그려져 있었지요. 언니가 너무 화가 나 얼른 밖으로 나왔을 때에는 소리 없이 내리는 눈 사이로 사라지는 그의 뒷모습만 보였고 눈밭에 난 그의 발자국이 서둘러 떠난 주인을 따르고 있었습니다.

그때 이미 언니는 형부를 좋아하고 있었지요. 그 후로 그는 계속해서 찾아 왔지요. 언니가 만나서 얘기를 하려면 이미 도망을 간 후였고, 그런 식으로 그 이상한 만남은 지루하게 반복이 되었습니다. 그는 늘 창문으로 언니를 보고 말없이 돌아가곤 했지요.

그런데 어느 날부터인가 그가 보이지 않더니 봄이 오도록 찾아오지 않더군요.

참, 사람 아니 여자의 마음이란 게 이상하더군요. 우리들은 매일 보던 그가 보이질 않자 궁금해지기 시작한 겁니다. 특히 당사자인 언니는 더욱 그러했지요. 그래서 한날은 언니가 그 공장을 찾아갔습니다. 컴컴하고 약품 냄새가 가득했던 공장의 사장님은 그가 아파서 쉬고 있다는 말과 더불어 말이죠. 아마 그때부터 언니는 그에게 연민을 느낀 것 같았습니다.

언니는 기다렸습니다. 한 며칠 후면 다시 오리라 생각을 한 거지요. 그래서 버릇처럼 창문을 바라보며 그를 기다렸지만 그는 영영 오지 않았습니다. 다시 언니는 공장을 찾아가 그의 안부를 물었더니 이번에 공장장이란 분이 언니에게 구두 한 켤레를 줬다더군요. 한눈에도 아주 정성 들여 만들었음을 알 수 있었대요. 그리고 그 공장장이 말을 했대요. 그가 병원에서 퇴원한지 얼마 되지 않아 오래전부터 앓고 있던 갑상선 암으로 저 하늘로 갔다는 거예요. 그때 언니는 그에게 따뜻한 말 한마디를 못 해 준 게 가슴에 걸린 겁니다. 늘 창밖에 세워 두기만 한 언니의 냉정함을 자기 스스로 자책을 하면서 말이죠.

그녀의 말이 끝났을 때 나는 멍한 기분이었다. 아아, 나는 이때만큼 내 아내가 아름답다는 생각을 해본 적이 없었다. 강한 여자라고 생각했던 내 아내의 심층 밑바닥에 이렇게 순수하고 고결한 마음이 있었던가. 정말 의외였다. 당시 아내의 성격으로 미루어 볼 때 이 이야기는 마치 꾸며진 것 같았다. 끊고 맺음이 분명하며 특히 대인 관계에서 이성적이고 합리적인 아내에게 이런 일면이 있다는 게 난 도무지 믿어지지가 않았다. 그러나 아내도 고운 심성을 가졌음이 틀림없었다. 그동안 얼마나 힘들었을까.

매년 그의 기일만 되면 우울해지는 아내. 이제 이해할 것 같았다. 자신으로 인해 가슴앓이 한 청년을 그렇게 보내고 아내는 또 얼마나 마음이 안타까웠을까. 나는 이런 아내의 이면을 보지 못 한 채 그동안 그녀의 한 면만을 본 것이었다. 이런 아내의 숭고한, 따뜻한 마음은 날 충분히 감동시켰다. 순간 나는 어제 그녀가 불러 달라던 '얼굴'이라는 노래를 기억해 내었다. 그 청년이 그녀의 사무실 창밖에 손가락으로 쓴 얼굴, 얼굴, 보고 싶은 얼굴. 아내는 그의 애틋한 심정을 그려내고 싶은 모양이었다. 조금 남은 막창은 지글거리며 연탄불 위에서 타고 있었다. 그녀는 지금껏 숨겨왔던 얘기를 막 풀어 시원했는지 소주 한 잔을 시원스레 들이켰다. 나는 그녀에게 솔직한 말을 해줘서 고맙다는 말을 아끼지 않았다. 갑자기 아내가 보고 싶어졌다. 나는 그녀와 헤어져 서둘러 택시를 탔다. 창밖으로 시원한 바람이 불고 있었다.

그날 밤 나는 피곤에 젖어 자고 있던 아내를 살포시 껴안았다. 아내의 몸에는 아주 진한 향기가 배어 있었다. 아내는 나의 거친 턱수염이 꺼칠했는지 몸부림을 치다 눈을 떠 버렸다. 나는 아내에게 내일 그 친구에게 가자고 했다. 아내의 눈이 정말 커졌다.

두 아이를 데리고 간 D공원묘지는 토요일이어서 그런지 조용하고 한산했다. 비가 온 후 엉망이 된 묘지 입구는 너저분하나마 치워져 있었다. 아이들은 누구 산소인지도 모른 채 오랜만에 가족끼리 나온 외출이라 그런지 들떠 있었다. 산 밑에서 정갈한 바람이 불어왔고 공기는 선선했다. 아내는 별 말없이 그의 무덤 옆에 서 있었고, 나는 준비해 온 소주를 큰 컵에 붓고 고개를 숙였다. 아름답고 애달픈 사랑을 못 이루고 떠난 그의 선량한 눈매가 보이는 듯 했다. 그때 나는 내 곁에서 두 손을 모으고 있던 아내의 구두를 비스듬히 보았다. 깨끗이 닦은 갈색구두는 유리알 같이 투명했고 몹시 값져 보였다.

사랑이 저만치 가네

결국 그녀가 이곳을 떠나는 모양이다. 겨울비가 을씨년스럽게 내리는 날 밤, 유태하, 그는 달랑 우산 하나만 들고 J대학 캠퍼스를 걷고 있다. 퇴근 후 집에서 더운 저녁을 먹고 나온 터라 그렇게 춥게 느껴지는 날씨는 아니다. 그것보다 이 비가 차라리 눈이라면 그게 더 운치가 있지 않을까 생각하면서 그는 어둠의 끝을 잡고 형언할 수 없는 미묘한 감정을 가만가만 느끼고 있다.

겨울방학이 벌써 시작되면서 교정에는 간간이 데이트를 즐기는 한 쌍의 젊은 학생들이 웃으며 걷고 있을 뿐 사람들의 흔적은 거의 없다. 얼마 전까지 남아 있던 가로수들의 몸뚱이에도 이제 아무것도 없다. 그것도 그렇고 불과 며칠 전만해도 간간이 불을 밝히던 도서관 건물마저 시커먼 어둠에 묻혀있다. 그는 어제 그녀, K로부터 간단한 문자를 받았다.

'저, 이제 서울 가요. 그동안 말도 않고 인사도 않고 해서 미안해요. 그럴 수밖에 없었던 절 이해해 주세요. 그럼, 내내 행복하세요.'

아주 오랜만에 받아보는 그녀의 문자다. 올해 초 그는 그녀에 대한 기억을 지우기 위해 휴대전화에 있는 그녀의 이름을 없앤 상태이다. 그러나 그는 단번에, 문자를 보낸 이가 그녀인 줄 안다. 그건 아직도 그의 마음 깊숙한 곳에 그녀의 기억이 남아 있기 때문이기도 하다. 사랑은 이토록 끈질긴 것인가, 하고 그는 독백처럼 읊조린다.

물론 그는 최근 그녀에 대한 소문을 들어 약간은 알고 있다. 그가 일하고 있는 건물 내 옆 사무실에서 그녀와 함께 일하는 대학 후배인 정희가 그녀에 대한 소식을 전했다. 그녀가 결혼을 할 것이고 동시에 직장을 그만두고 원래 살았던 서울로 간다는 것이다. 내일 낮 12시 기차라고 했다. 오늘 복도에서 그녀를 언뜻 보았으나 앞으로는 그가 내일 역에 나가지 않으면 영영 보지 못할 것이다. 같은 공간, 한 건물에서 함께 숨 쉬던 그녀였다. 물론 아주 오랫동안 그와 그녀는 말을 않고 지냈지만 말이다. 그는 길게 한숨을 쉰다. 그럴 때마다 허연 수증기가 마치 연기처럼 공간으로 흩어지고 먼지가 되어 내리는 빗속으로 빨려 들어간다. 그는 그녀에게 천천히 문자를 보낸다.

J시 역은 연말이라 그런지 사람들이 꽤 붐빈다. 환한 웃음을

지으며 개찰구로 쏟아져 나오는 사람, 어두운 표정으로 손사래를 치는 어떤 여자, 한쪽에 멍한 얼굴로 앉아 있는 부랑자들을 포함해 이곳은 늘 그렇듯 혼잡하다. 어제까지 겨울비가 내리더니 오늘 아침에 하늘이 갑자기 어두워지면서 성긴 눈이 약간 흩뿌리고 있다. 그는 2층 대합실 위쪽에 있는 간이 커피숍에 앉아있다. 시계를 보니 만나기로 한 시간에서 십 분 전이다. 갑자기 그녀의 얼굴이 기억나지 않는다. 분명 어제 복도에서 봤는데……. 커피를 시킨다. 블랙으로 주세요, 하고 말하는 그의 속은 타들어간다. 오랜만에 느끼는 긴장이다. 작년 이맘때쯤 그녀와 처음으로 밖에서 만날 때 느끼는 감정이다. 미세한 떨림. 입이 타들어가는 느낌. 정말 미묘한 심리상태다. 그때였다.

"빨리 왔네요."

익숙한 서울 말씨의 그녀다. 갈색 부츠를 신고 까만 외투, 하얀 머플러를 둘렀다. 여전히 하얀 얼굴의 그녀는 예쁘다.

"오랜만이야. 그동안 잘 지냈어?"

이 말을 꺼내는 그는 다소 어색하다. 그녀는 조용히 머플러를 벗는다. 그러면서 별로 덥지도 않은데 손부채로 바람을 일으킨다.

"언제 결혼해?"

"한 달 후에요."

"어떤 사람이야?"

"그냥, 예전부터 날 좋아하던 사람이에요."

그리고 그들은 한동안 말이 없다. 이제 조금만 있으면 그녀는 떠날 것이고 그는 이제 다시는 그녀를 볼 수가 없을 것이다.

"그때 왜 날 외면했어?"

그는 이런 중요한 시간임에도 불구하고 그녀에게 다소 유치한 질문을 하고 만다.

올해 초였다. 그는 그의 속으로 들어오는 그녀를 감당할 수가 없어 먼저 그만 두겠다는 메일을 보냈다.

그러자 그녀는 황당해했으며 그에게 전화로 막 화를 냈다. 어찌 보면 이제 시작일 수도 있었는데 그가 그렇게 나오니 그녀 또한 감정이 격했을 것이다. 그러나 이렇게 밖에 할 수 없었던 그는 그즈음 그녀로 인해 완전히 넋이 나가 있었다. 하루 종일 밥을 못 먹었으며 글을 쓸 수도, 기타를 칠 수도 없었다. 너무 그녀에게 몰입하다 보니 그의 삶은 극도로 불안했으며 위태로웠다. 마치 괴테의 소설 속 베르테르가 롯데를 향해 이루지 못할 사랑을 갈구하는 것처럼, 그 역시 이러면 안 되는데 하면서 그녀를 향해 달려가고 있었다. 그래서 그는 다소 경솔하게 그녀에게 결별을 선언했다. 그러자 그 다음날 예상대로 그녀는 복도에서 그와 마주치자 외면했다. 그 표정을 그는 잊을 수가 없다. 그녀의 모습은 냉랭하다 못해 얼음같이 차가웠다. 그는 여태껏 그녀의 그렇게 굳어 버린 얼굴을 본 적이 없었다. 그에게 늘 따뜻했으며 선한 눈매로 항상 웃던 여자였다.

"그럼 어떡해요? 헤어지자고 말하던 분에게 웃으며 대하란 말이에요?"

그녀는 눈을 껌벅이며 그렇게 반문한다.

"그때 내가 얼마나 힘들었는지 알아? 새벽마다……."

그는 갑자기 감정이 격해진다. 그랬다. 그때 그는 매일 복도에서 마주치는 그녀가 외면할 때마다 너무 마음이 아파 새벽마다 잠깨어 울었다. 그러나 먼발치에서 보는 그녀는 그렇지 않았다. 여전히 밝았고 씩씩했다. 도리어 그날 이후 더 세련되어갔고 아름다워지고 있었다. 그녀는 다른 사람들과도 훨씬 더 잘 지내는 것 같았다. 그들과 웃고 떠들 때 그가 다가서면 그녀는 이내 표정이 굳어졌다. 이런 점들이 그를 더 힘들게 했다.

"난들 유쾌했겠어요? 나도 힘들었어요. 생각해 봐요. 그 전날까지만 해도 멀쩡하게 잘 지내던 사람이 그런 메일을 보내다니. 이제 내 마음속에 자리 잡으려 하는 분이 느닷없이 그만두겠다는데 나보고 어떡하라고요? 나는 뭐 자존심도 없는 줄 아세요?"

이 말을 하고 그녀는 고개를 숙인다. 갑자기 분위기가 숙연해진다.

"이런 분위기는 싫어……."

그녀는 중얼거리듯 말한다.

"미안해, 그때 너무 내 생각만 했어."

그러자 그녀는 얼굴을 든다. 그리고는 무언가 생각이 나는 듯 그에게 묻는다.

"참! 얼마 전에 두 번째 '문예지'는 잘 만들었어요? 그리고 음

악회 행사는요? 정희가 그때 말하던데, 미안해요. 한 번도 못 도
와줘서."

"그냥 대충했어. 그대가 없는데 뭘 제대로 했겠어?"

그는 다소 비아냥거리듯 그렇게 말한다.

작년 가을이었다. 그는 그가 속해 있는 지역문학회에서 문예지
를 창간하는 것과 지역주민과 함께하는 음악회를 계획하고 있었
다. 문학회에서 예산을 비롯한 전적인 위임을 그에게 주었으나
그는 솔직히 혼자서 두 가지 일을 할 자신이 없었다. 그때 곁에
있던 그녀가 발 벗고 그를 도와주었다.

문예지 창간을 위한 회원들의 원고를 일일이 교정을 보고 미비
한 점이 있으면 그녀가 고쳐주었다. 막판에 그는 인쇄소에서 가
편이 나왔을 때 아예 최종 교정을 그녀에게 맡길 정도로 그녀를
믿었다. 뿐만 아니라 음악회 행사 팸플릿 초안도 그녀가 만들어
주었다. 아마 그가 그녀에게 호감을 갖기 시작한 것은 그때부터
인가 싶다.

"그 남자를 사랑해?"

그가 생각해도 약간 생뚱맞은 질문이다. 그러자 그녀는 픽, 하
고 웃는다.

"아저씨는 날 사랑했어요?"

"묻는 말에 대답해."

그녀는 그제야 카운터를 향해 커피를 주문한다.

"나도 물었잖아요. 그때 정말 나를 사랑했어요? 순간적인 감정

이 아니라 집에 계신 분과 이혼하고 나와 결혼할 만큼 좋아했냐고요? 아니라면 그 질문에 나도 대답 안 할래요. 하긴 그게 두려워 먼저 그만두자고 한 사람이 누군데……."

그때 따뜻한 커피가 왔다. 그녀는 커피 잔만 뚫어지게 바라보고 있다. 짧은 머리에 하얀 얼굴, 금빛 귀걸이가 유난히 예쁘다. 뜨거운 김이 서려나오는 커피를 보는 그녀의 눈은 천진난만하다. 그 역시 그녀의 질문에 대답을 못 한다. 그걸 아는 그녀는 더 이상 채근거리지 않는다. 그녀는 놀랄 만큼 어느 순간 침착하고 의젓하다.

"참! 지수는 잘 있어요? 이제 많이 컸겠네. 얼굴이 뽀얗고 속눈썹도 너무 예쁜 것 같아. 많이 컸어요?"

"그래. 많이 컸어."

작년 가을 첫 음악회 행사 때 그녀가 왔었다. 그가 무대에서 권두시를 낭송할 때 그의 딸아이, 지수는 무대 맨 앞에 있었는데 공교롭게 그녀는 바로 지수 뒷자리에 앉아 있었다. 그날 이후 그녀는 그와 있을 때마다 지수 이야기를 꺼냈다. 속눈썹이 너무 예뻐요. 아빠 닮았어요? 아님 엄마? 그때 그렇게 말하던 그녀의 모습은 마치 지수 같은 자신의 아이를 갖고 싶어 하는 새댁 같았다.

"이제 여기서 우리는 끝이야?"

그녀는 별다른 대답이 없다가 한참 후에야 입을 연다.

"작년에 즐거웠어요. 그리고 고마웠어요. 객지라 내가 힘들 때 자주 문자로 메일로 격려 많이 해줬잖아요, 그리고 작년 이맘때

제 생일이라고 서울 집으로 꽃바구니 보낸 것도 너무 감사했어요."

기억이 났다. 작년 성탄절 전날이었다. 그녀는 그 주까지 휴가를 내고 서울 집으로 가면서 그에게 전화를 했다. J시 역이라고 했다.

"오늘 못 뵈어서 죄송해요. 대신 서울 갔다 오면 만나요. 참 저…… 성탄절 다음날이 제 생일이에요. 네? 아니, 아니, 부담 가지지 마요. 그날 친구들이랑 약속되어 있어요."

그렇게 말하는 그녀의 목소리는 약간 미안한 감도 있었지만 대체로 들떠 있었다.

"생일이야? 그럼 내가 그대를 위해 노래하나 작곡해 놓을게."

그는 무슨 생각으로 그런 말을 하는 건지 그 자신도 말을 해 놓고선 깜짝 놀랐다.

"그러지 마요. 내가 뭐 애도 아니고……."

"아직 결혼 안 했으면 애지. 어쨌든 잘 갔다 와. 내가 준비해 놓을게."

그러면서 그는 그날 그녀의 생일날에 맞춰 서울 쪽 꽃 배달 업체에 예쁜 꽃바구니를 부탁했다. 그녀가 전혀 상상도 못 할 일 일 거라 생각하니 웃음이 나왔다. 아니나 다를까. 성탄절 다음날 오전에 그녀로부터 전화가 왔다.

"아저씨. 너무 고마워요. 생각도 못 했어. 아니, 아니, 꽃이 너무 예쁘네요. 나…… 이런 말 해도 되요? 처음이야. 이런 선물.

너무 고마워요.”

　“언제 올 거야? 오는 날에 내가 태우러 갈게.”

　“아니에요. 그날 도착하면 많이 늦어요.”

　“밤이잖아. 춥고 무서울 텐데.”

　“괜찮아요. 너무 늦으면 택시 타면 돼요. 음, 그 다음날 만나면
되잖아.”

　그녀의 목소리는 경쾌했다. 그녀의 음성을 들은 그는 서서히
그녀에게 빨려 들어가는 것 같은 느낌이 들었다.

　“그게 무슨 말이야? 겨우 스물아홉 먹은 그 아이에게 빠져있단
말이야? 아내는 알고 있어? 태하 씨 정신 차려. 우린 지금 중년
이야. 이제 남은 인생을 준비해야 하는 시기라고……. 더군다나
태하 씨는 애들이 어리잖아.”

　초등학교 동창인 민주의 질책이었다.

　작년 초였다. 그는 이태 전 연말에 모 문예지에 투고한 시가 당
선되었다. 그리고 한 달 뒤, 시상식에 참가하러 지방인 M시에 거
의 도착했을 때 그녀로부터 전화를 받았다. 그녀는 대뜸 자신의
이름부터 밝혔다.

　“나야. 민주.”

　“누구?”

　“잊었어? 초등학교 동창, 민주.”

　그녀가 그렇게 자신의 이름을 말했을 때 그는 정말 앞이 깜깜

했다. 그때 그의 아내는 옆 좌석에 타고 있었다. 그제야 그는 얼른 차를 갓길에 세우고 밖으로 나갔다. 그녀는 얼마 전 인터넷을 검색하다 지방 문예지 신인 등단 란에 정말 우연찮게 그의 이름을 발견하고선 혹시나 싶어 출판사로 전화를 했다고 했다. 그녀의 목소리를 듣는 순간 그는 문득 이십 초반에 그녀에게 넌 시인의 아내가 되어야 해, 하고 말했던 기억이 떠올랐다.

"정말 오랜만이야."

"그래, 태하 씨. 왜 그리 연락이 안 되었어? 다들 동창회에 나오는 데 그동안 태하 씨 소식을 물어도 아무도 모르더라."

"그래. 난 여태껏 아무도 모르는 곳에 있다가 삼 년 전쯤 J시로 올라왔어. 연락이 안 되는 게 맞을 거야. 꼭 이십 년 만이네. 지금 어디 살아?"

"나? 여기 서울이야. 다음 주 친정에 내려가야 되는데. 그때 한번 봐."

공교롭게 그녀가 사는 곳도 서울이었다. 그는 전화를 끊고 깊게 한숨을 내쉬었다. 이십 대 전후, 그녀의 얼굴이 떠올랐다. 커트 머리에 늘 하얀 치마를 즐겨 입던 그녀였다.

누구예요? 하고 아내가 물었다. 그는 잠시 머뭇거리다 구태여 숨길 필요가 없다 싶어 솔직히 대답했다.

"그때 말했잖아. 초등학교 동창 민주."

"어? 당신 첫사랑이네."

그때 아내는 그냥 웃었다. 그 후 그녀와 그는 한 번 만났고, 이제 친구처럼 서로 메일을 주고받으며 안부나 전하는 사이가 되었다. 물론 간간이 당시 추억이 생각 날 때면 제법 심각할 때도 있었지만 이제 서로가 중년의 나이로 들어선 지금 솔직히 옛날처럼 설레는 감정은 아니었다. 그러던 그녀가 갑자기 또 서울에서 내려온 것이다. 그가 K때문에 너무 힘든 시기에 있을 때였다. 결국 그는 옛사랑이었지만 이제 친구로 변한 그녀에게 K의 이야기를 주절거렸다.

바다가 보이는 카페였다.

"나도 잘 모르겠어. 어느 날 새벽에 눈을 떴는데, 그 아이가 내 마음에 들어온 걸 느꼈어."

"이유가 뭐라 생각해? 태하 씨. 부부 사이에 무슨 문제가 있어?"

그녀가 심각한 듯 물었다.

"그런 것 아냐. 굳이 있다면 내 아내는 너무 바빠. 그래서 내 문제에 관심이 없어. 내가 쓴 시를 보여주면 그냥 건성으로 좋아, 그래. 읽지도 않고 말이야. 근데 그 애는 달라. 내가 쓴 시에 굉장히 관심을 보이며 비평까지 해준단 말이야."

"그래서 호감이 갔어?"

"그래. 나도 남자인데 그렇게 예쁘고 귀여운 애가 내게 잘해주는 것을 어떻게 해?"

그녀는 헛헛하게 웃었다.

"정신 차려. 태하 씨. 그 여자가 언제까지 너에게 관심 보여주고 잘 해줄 거라 믿어? 그 사랑은 먼지 같은 거야. 후하고 불면 날아가 버리는……."

그녀가 그렇게 비꼬는 것 같이 말하자 그는 갑자기 화가 났다.

"야! 그래서 너도 그때 날 두고 말도 없이 딴 사람에게 시집간 거야? 그때 우리 사랑이 먼지 같아서? 그렇게 말하지 마. 나도 괴로워. 그 애를 좋아하면 좋아할수록 나도 괴롭단 말이야!"

그러자 그녀도 발끈했다.

"뭐? 난 네 생각해서 그런 말 했는데. 왜 그때 이야기가 나오니? 그래, 말 잘했어. 내가 결혼하려 할 때 넌 말로만 날 잡았지. 네가 그때 그 형편에 나와 결혼할 수 있었어? 넌 그때 학생이었잖아. 내가 그때 어땠는지 알아? 그 지긋지긋한 집에서 도망가고 싶었다고. 그래, 난 그때 누구라도 상관없이 결혼을 해야 했다고! 도망가기 위해서. 네가 뭘 알아?"

그냥 해 본 소리인데 그녀는 그에게 화를 내었다. 기억이 났다. 그때 그들은 서로 힘들었다. 그는 군대를 갔다 와 J시의 대학에 복학한 상태였고 그녀는 이미 학교를 졸업하고 집에서 어머니를 도와 피아노학원을 하고 있었다. 그는 그때 과가 적성에 맞지 않아 학교를 그만둘까 생각을 할 때였고, 그녀는 늘 애들하고 피아노 앞에 앉아 있는 것을 지겨워했다. 그녀는 그와 만나면 결혼하고 싶다고 했다.

"미안해. 그때 내가 너무 어렸어. 나밖에 몰랐어. 그래도 민주야. 너 이것 기억나?"

"뭘?"

그녀의 약간 볼멘소리였다.

"너 그때 내가 사랑한다 하니 너도 그랬잖아. 같은 마음이라고. 그리고 넌 무슨 일이 있더라도 시인의 아내가 돼야 한다고 하니 너도 고개를 끄덕였잖아."

"몰라. 기억 안 나. 근데, 무슨 등단을 이제 하냐? 나보고 지금까지 결혼 않고 기다리라고?"

그 말은 맞았다. 그리고 그녀는 한동안 말이 없었다. 창밖엔 바다가 보였고 그 앞 도로로 무수한 차들이 지나가고 있었다. 저 차들은 지나가면 다시 돌아오지 않는다, 하고 그는 생각했다. 마찬가지로 그녀와 그는 너무 늦게 만난 셈이었다. 서로가 아이들이 있고 이제 중년의 나이로 접어들었다는 게 그는 참 서글펐다. 한때 그는 그녀가 결혼을 했어도 만약 어떤 이유로 이혼을 했다면 그녀의 아이들과 함께 다시 받아줄 용의가 있었다. 그런 이유로 그는 서른이 한참 넘은 나이에 결혼을 했다.

"그 애하곤 이제 어떡할 거야? 계속 만날 거야? 집에서 알면 어떡해? 난 태하 씨 가정이 깨지는 것 원치 않아."

"알아. 요새 와서 서울에서 온 두 여자가 날 괴롭히네. 생각 중이야. 나도 내가 왜 이러는지 모르겠어. 민주야. 우리 좀 걸을래? 예전에 우리 이 해변을 손잡고 많이 걸었잖아."

그러면서 그는 옛사랑을 앞에 둔 채 현재의 그녀 때문에 머리를 저었다.

　그의 아내는 여전히 바빴다. 최근 직장을 다니면서 대학원을
다니다 보니 밤에 늦게까지 컴퓨터에 매달려 있었다. 반면 그는
동창인 민주에게 말했던 그 여자, K에게 결별을 선언하고 내내
아팠다. 한 달 정도 밥을 제대로 못 먹었으며 잠을 잘 이루지 못
했다. 새벽이면 어김없이 깨어 그녀를 생각했다. 그가 잘 한 것인
지 아니면 너무 경솔하게 헤어진 것인지. 어느 때는 눈물이 흘러
베개가 축축할 정도였다. 그럼에도 아내는 전혀 눈치를 채지 못
했다. 간간이 함께 저녁을 먹을 때 왜 그리 밥을 못 먹어요? 할
정도였다. 그는 자연 방황했고 퇴근 후 어차피 아내도 없는 집에
가기 싫어 혼자 술을 마셨다.

　그날도 그는 너무 괴롭고 쓸쓸하여 혼자 직장에 다녀와 집 근
처에 차를 세워두곤 아내와 예전에 함께 가던 술집에 갔다. 그 집
은 전통주를 주로 파는 곳인데 시골집처럼 개조한 아주 운치 있
는 곳이었다. 표주박과 항아리, 그리고 술을 한 잔 먹을 때마다
나뭇가지를 테이블에 가득 올려놓은 그 집에서 그는 아내와 종
종 술을 마시며 이야기를 나눴다. 그러다 그가 술이 불콰해지면
한쪽에 있는 낡은 피아노와 통기타로 아내에게 노래를 들려주기
도 했다.

　주인여자는 그가 쓸쓸한 표정으로 들어가자 이내 그의 마음을
아는지 그의 앞에 앉았다. 그는 술을 더 시켰고 몇 잔을 연거푸

들이켰다. 그리고는 그 여자 앞에서 무작정 울었다.

"아내 말고 딴 여자를 사랑하고 있죠? 그래서 오늘 이렇게 슬픈 표정이네. 태하 씨. 혼자 앓지 말고 내게 다 털어놔요. 우리가 말 못 할 게 뭐 있어?"

그 여자의 푸근한 말에 그는 우습게도 그의 비밀을 다 털어 놓았다. 주인 여자는 가볍게 한숨을 쉬더니 그를 가만히 안아 주었다.

"우리 같은 나이가 되면 그럴 수 있어요. 나도 한때 그런 적이 있죠. 잘했네요. 일찍 끝냈으니……. 그런 사랑은 바람 같은 거예요. 잡으려 해도 잡히질 않죠. 설령 잡았다 해도 곧 흩어져요 그러니 잘 한 거예요. 이제 그만 태하 씨 마음에 아직 남아있는 그 사람, 그 사랑을 놓아주세요."

"생각해보니 아내에게 너무 미안해요. 아무것도 모르는 아내가……."

"그래요. 아내를 저버리는 것은 태하 씨 내면에 있는 세상을 무너지게 하는 거예요. 이제 그만 두고 지금 아내를 부르세요. 그래서 예전같이 태하 씨가 피아노로 아내에게 불러줬던 노래를 한 번 해줘요. 예전에 잘 했잖아?"

그 말에 그는 얼른 아내가 있는 직장으로 전화를 했다. 아내는 의외라는 목소리였다.

잠시 후 아내는 왔고 그는 예전에 했던 대로 아내에게 피아노로 그녀가 가장 좋아했던 노래를 하나 들려주었다.

그는 마음이 조급하여 시계를 연방 들여다본다. 커피숍에 난방을 많이 한 탓인지 시간이 지나자 이마에 땀이 배어난다. 초조하다. 그러나 생각보다 시간이 많이 된 것은 아니다. 아직 열차가 출발하려면 삼십 분이나 있어야 한다. 그는 그사이에 그녀와 많은 이야기를 나누고 싶었다.

"참! 시집은 아직 안 나왔어요? 이번 연말쯤에 나온다 했잖아요."

그녀도 정희에게 들은 모양이다.

"아, 그거 출판사 쪽에서 조금 지체되어 내년 초엔 나올 거야."

"그곳 풍경도 시로 만들었어요? 그때 아저씨가 쓸 거라 했잖아. 나도 사보게요."

"뭘 사. 내가 우편으로 부쳐줄게. 그래. 그 연꽃 소류지에 관한 것도 들어있어."

"아! 거기요. 올해 초에 갔던 그곳, 개구리 울고 연꽃이 활짝 피었을 때 다시 가기로 한 그곳 말이죠. 아! 지금이라도 가고 싶어."

올해 초였다. 사무실에서 각각 시무식을 마친 그 다음날은 토요일이었다. 그는 전날 퇴근 후 그녀에게 전화를 했다.

"내일 뭐해?"

"그냥 뭐. 할 것 없어요. 아침에 늦잠이나 잘까 해요. 그리고 빨래도 좀 해야 되고."

"빨래는 다음에 하고 내일은 나하고 어디 좀 가지."

"어디요?"

그녀의 목소리는 사랑스러웠고 경쾌했다.

"음, 가까운 교외인데 괜찮은 절이 있어."

"좋아요. 근데, 내일 가족들과 함께 안 있어도 돼요?"

"괜찮아. 내일은 아내와 아이들은 어디 가기로 되어있어. 내가 집근처로 데리러 갈게."

다음날 그녀는 그가 운전하는 내내 조수석에서 수다를 떨었다. 사무실이며 서울 집 이야기, 교회 이야기, 동생 이야기 등 그녀의 얘기는 끝이 없었다. 겨울이었지만 날씨는 포근했고 맑았다.

"아침 먹었어?"

"먹었는데 부실하게 먹었어요. 배고파요. 근데 거기 가면 뭐 있어요?"

"뭐, 절이니까 경내 식당에서 산채 비빔밥 정도 있겠지."

목적지에 도착했을 때 점심시간은 이미 지나가 버렸다. 그 식당에서 그녀는 고추장을 넣고 비빈 비빔밥을 한 그릇 다 비웠다. 그는 전날 마신 술로 그렇게 식욕이 일지 않았으나 그녀가 무안해 할까봐 반 그릇은 먹고 있었다.

"근데 왜 그리 못 먹어요?"

그녀가 그렇게 물을 때 그는 솔직히 마음이 상했다. 사랑에 빠지면 당연히 식욕이 없는 게 아닐까. 왜 그녀는 그런 마음을 모를까, 하고 말이다. 식사를 마친 후 그는 습관대로 밖에서 담배를 하나 물었다. 그런데 그녀가 그런 그를 말렸다.

"피지 마요. 몸에 해로운 것 왜 하려고 그래. 나 담배 피우는 사람 싫어."

"알았어. 내 좀 참지."

"참는 게 아니라 이참에 끊어요. 참! 아저씨는 글 쓰는 사람이지. 그래서 못 끊을 거야. 근데 언제부터 시를 썼어요?"

"한 십 년 되었어."

"근데 등단은 얼마 전에 했고요?"

"그래. 아마 여기도 몇 년 후쯤 좋은 시의 소재가 될 걸. 그대와 왔던 여기 말이야."

기억으로 그녀는 그때 이 말에 헛헛하게 웃었다.

경내는 주말이라 그런지 사람들로 꽤 붐볐다. 대웅전 쪽으로 올라가니 햇살은 더욱 따스했다. 그는 가지고 간 휴대전화 카메라로 그녀를 찍고 싶었다. 그런데 가만히 생각하니 그래서는 안 될 것 같아, 별수 없이 양 손가락을 이용해서 그녀의 모습을 찍는 흉내를 내었다. 그녀는 내내 웃고 있었다. 문득 연말에 그녀가 서울에서 가족끼리 교회에 갔다고 말한 게 기억이 났다.

"송년예배 드리면서 어떤 기도했어. 좋은 남자 만나서 결혼하는 것?"

"아니에요"

"그럼?"

"그냥 우리 아빠랑, 엄마랑, 동생들이랑 나랑 주님 뜻대로 인도해 달라고 했어요. 아저씨는요?"

"나는 그대와 아름다운 관계 계속 이어가게 해달라고 했지."

"거짓말."

그때 그녀의 모습은 마치 흙탕물에 염염한 연꽃 같았다. 가까이 가서 볼 수도 없고 만질 수도 없는 그리하여 일정거리 떨어진 곳에서 조망해야만 비로소 진가가 나는 꽃. 그녀는 여름철 연못에서 고요히 피어난 홍련이었다. 그들은 차로 장소를 옮겨 안쪽 깊숙이 있는 암자로 갔다. 차가 더 이상 들어갈 수가 없어 근처에 세워두고 걸어갔는데 햇살이 너무 맑았다. 숲에서는 향이 더 할 수 없을 만큼 뿜어져 나왔다. 이십여 분을 걸으니 암자가 있었다. 조그만 평상이 있어 그녀는 걸터앉고 그는 자리에 누웠다. 그때 그녀가 두런두런 어릴 때 이야기를 해주었다.

"외가가 있는 시골에 갔었어요. 동생과 함께 갔는데 밤에 이런 평상에 누워 밤하늘에 별을 봤어요. 그때 나는 별이 우리 쪽으로 떨어지는 줄 알았어요. 너무 가까이 있는 거예요. 너무 말고 밝아 한동안 별에 대해 경외감이 일었어요. 그 추억이 너무 생각나요."

그는 이런 여자더러 누가 스물아홉이나 먹었다고 말할 수 있을까 생각했다. 누워서 언뜻 그녀의 표정을 보니 마치 꿈꾸고 있는 것 같았다. 바람에 그녀의 짧은 머리가 살랑거렸다. 그는 그 머리카락을 만지고 싶다는 충동이 일었다.

돌아오는 길에 그들은 연꽃이 유명한 소류지로 향했다. 차를 타고 가는 내내 그녀는 이런저런 말들을 했다. 창안으로 들어오는 따스한 햇살과 그녀의 맑은 표정이 어우러져 그는 혹 꿈을 꾸고 있는지 착각할 정도였다.

"어! 여기는 거기 아니에요? 인터넷에서 유명한……."

"맞아. 꼭 한 번 함께 오고 싶었어."

"와! 너무 아름답다."

"아니야. 지금은 꽃들이 다 떨어져 쓸쓸하지. 대신 여름에 한 번 와 봐. 개구리가 울고 물닭들이 노닐고 잠자리들이 날아다니는, 무엇보다 빨간 홍련과 하얀 백련이 묘하게 어우러진 정말 아름다운 곳이야. 이번 여름에 꼭 같이 오자."

그러자 그녀는 네, 하고 씩씩하게 말했다.

이곳은 한때 아내와 자주 오던 곳이었다. 결혼 전 그들은 이 근처에 있는 직장에서 함께 일했다. 그때 그는 아내와 결혼을 약속했으며 이곳을 자주 거닐었다. 그녀와 함께 있으면서도 그는 당시의 아내가 떠올랐다. J시로 돌아오는 길에 그녀는 최근 서울 집을 몇 차례 다녀와 무척 피곤했는지 조수석에서 내내 잠이 들었다. 새근새근 잠든 그녀의 모습은 너무 귀여웠다. 그는 순간 그녀의 입술을 훔치고 싶었다. 그런 회상으로 그는 멍하니 앉아 있는데 갑자기 그녀가 묻는다.

"이제, 영영 그곳엔 못 가겠죠? 하지만 잊을 수 없을 것 같아. 그때 너무 아름다웠어요."

"어디? 연꽃 소류지 말이야?"

공교롭게도 그녀도 그의 회상 속 그곳을 떠올린 모양이다.

"네."

그는 커피 잔을 몇 차례 들었다가 놓았다.

"그때 그대는 나를 어떻게 생각했어? 그냥 널 좋아하는 아저씨라고만 생각했지?"

그는 넌지시 그녀의 마음을 떠본다.

"몰라요 그 다음날 내게 헤어지잔 말만 안 했어도 난 아저씨를 정말 좋아할 뻔했는데."

그녀는 새침스러운 얼굴로 그의 눈을 피한다.

"좋아하긴 했어?"

"그럼, 웬 얼빠진 여자가 좋아하지도 않는 남자와 그런 곳에 가겠어요?"

그녀는 예의 심각한 얼굴로 이렇게 반문한다. 이때 2층 대합실에서 12시행 KTX 이용하실 분은 지금 곧 출발하오니 개찰구로 나오십시오, 라는 방송이 들린다. 그는 가만히 그녀의 짐을 든다. 커피 값을 내려는데 그녀가 그의 손을 잡는다. 손끝이 따뜻하다. 이제 이 손은 두 번 다시는 못 잡아보겠지, 하며 그는 그녀의 손을 꼭 쥔다. 그녀의 눈이 비스듬히 그의 얼굴을 보는 게 느껴진다. 그녀는 슬그머니 그의 손을 뿌리치며 아래층으로 내려간다. 줄지어 선 사람들 속에 그녀가 들어간다.

그는 곁에서 조금씩 따라가다 가방을 건네주고는 그 자리에 꼼짝없이 서 있다. 마침내 그녀가 개찰구 건너편으로 건너간다. 여

러 사람들과 섞인 그녀는 그를 위해 딱 한번 뒤돌아 봐준다. 가볍
게 손을 흔드는 그녀에게 그는 고개만 끄덕인다. 개찰구 앞 하늘
에선 성글었던 눈이 소담스럽게 내린다. 마침내 그의 사랑이 저
만치 가고 있다.

산골마을로 들어온 지 삼 년 차, 시간이 갈수록 지인들의 발길이 점차 뜸해지고 있다. 처음에는 내심 불안하고 나만 세상에 내던져진 존재인가, 하는 고민이 들었지만 생각해보니 이 또한 내가 오랫동안 꿈꿔왔던 세상과의 단절이 아닌가 싶다.

아무도 찾지 않는 외딴 산골에서 창작활동에 몰입할 수도 있고 때때로 기타를 치며 외로움을 벗 삼아 노래도 부를 수 있다. 허나, 도인도 아닌 내가 세상과 영영 담 쌓고 살수는 없는 일이어서 이렇게 세 번째 소설집을 내놓는다. 왜냐하면 문학은 나와 사람들을 이어주는 유일한 소통창구이기 때문이니까.

'시는 정신에 탄력을 주고 삶의 구김살을 펴는 과정'이라고 정현종 시인은 말했듯내게 있어서 소설 또한 그러하다. 하지만 이 소설을 쓰는 내내 나는 내 삶의 구김살을 펴는 대신 외로움에 대해 생각했다. 글쓰기를 통해 과연 나와 타인간의 소통의 격차를 얼마나 줄일 수 있을 것인가. 자본의 논리에 따라 돈이 되지 않는 문학이 죽어가는 현실에서 누가, 얼마나 이 책을 읽어줄 것인가 말이다.

그렇게 생각하니 결국 외로움은 그냥 외로움이었다. 평화학연구자 정희진님의 말처럼 외로움은 어떤 섬에 사는 노인이 자연을 혼자 겪는 일과 같은 것이었다. 깜깜하고 바람 불고 사람 없고 가게 없고 그냥 아무것도 없는 곳 이것이 외로움이었다.

그럼에도 이 소설집을 내는 늦가을, 따스한 볕 아래 할 일없이 졸고 있는 내 삶은 분명, 천천히 가고 있다.

작품집을 낼 수 있도록 지역의 작가에게 기회를 준 (재)경남문

화예술진흥원, 출간을 허락해준 도서출판 「북산」의 정용철 대표님과 김보현 편집팀장, 원고 초안 정리를 도와 준 산청의 이원상님, 진주의 우병진님, 프로필 사진을 찍어 준 사진작가 이종철님 그리고 소박한 삶, 공동체 마을을 꿈꾸는 간호사이자 상담심리사인 아내 이무선, 듬직한 아들 솔파(산청, 민들레대안학교 고2), 얼른 커서 아빠 소설을 꼭 읽어보겠다는 예쁜 딸 미래(산청, 도산초5)에게 지면을 통해 감사하다는 말을 전하고 싶다.